ÁGUAS DE PRIMAVERA

IVAN TUR

GUÊNIEV

ÁGUAS DE PRIMAVERA

TRADUÇÃO DE
SONIA BRANCO

PROJETO GRÁFICO E ILUSTRAÇÕES
HÉLIO DE ALMEIDA

Amarilys

Copyright © Editora Manole Ltda., 2015,
por meio de contrato com a tradutora.

Amarilys é um selo editorial Manole.

Este livro contempla as regras do Acordo Ortográfico
de 1990, que entrou em vigor no Brasil.

CAPA, PROJETO GRÁFICO E ILUSTRAÇÕES
Hélio de Almeida

CRÉDITOS FOTOGRÁFICOS
P. 2: © Hulton Archive/Getty Images; p. 6: © Imagno/Getty Images

DIAGRAMAÇÃO E REVISÃO
Depto Editorial da Editora Manole

Tradução baseada na edição: I. S. Turguêniev. Ízbrannoie.
Izdátelstvo "Sovremiênnik". Moskvá, 1979.

Dados Internacionais de Catalogação na Publicação (CIP)
(Câmara Brasileira do Livro, SP, Brasil)

Turguêniev, Ivan, 1818-1883.
Águas de primavera / Ivan Turguêniev;
tradução de Sonia Branco; projeto gráfico e ilustrações
Hélio de Almeida. – Barueri, SP: Amarilys, 2015.

Título original: Viêchnie vódi.
ISBN 978-85-204-3151-1

1. Romance russo I. Almeida, Hélio de.
II. Título.

15-03975   CDD-891.73

Índice para catálogo sistemático:
1. Romances: Literatura russa 891.73

Todos os direitos reservados.
Nenhuma parte deste livro poderá ser reproduzida,
por qualquer processo, sem a permissão expressa
dos editores. É proibida a reprodução por xerox.

A Editora Manole é filiada à ABDR – Associação Brasileira de
Direitos Reprográficos.

Edição brasileira – 2015

Editora Manole Ltda.
Av. Ceci, 672 – Tamboré
06460-120 – Barueri – SP – Brasil
Tel.: (11) 4196-6000 – Fax: (11) 4196-6021
www.manole.com.br | www.amarilyseditora.com.br
amarilyseditora@manole.com.br

Impresso no Brasil
Printed in Brazil

Em pé, da esquerda para a direita, os escritores Liev Tolstói e Dmitri Grigoróvitch. Sentados, da esquerda para a direita, os escritores Ivan Gontcharóv e Ivan Turguêniev, o escritor e critico Aleksandr Drujínin e Aleksandr Ostróvski.

Memórias de um "homem supérfluo"
SONIA BRANCO

Ivan Serguêievitch Turguêniev (1818-1883) foi um dos escritores e intelectuais mais notáveis de sua época. Proveniente de uma família aristocrática de proprietários de terras, ele viveu boa parte de sua vida entre a Alemanha e a França, onde faleceu. Amigo de Merimée, Henry James, Gautier e Zola, mas especialmente de Flaubert, Turguêniev foi o primeiro escritor russo amplamente celebrado na Europa. Como a literatura russa era pouco conhecida no Ocidente, o escritor esforçou-se em divulgá-la traduzindo para o francês algumas das obras de Púchkin e Gógol, sem falar dos seus próprios contos e novelas, que abordavam temas russos.

Os extensos períodos de vida no exterior não impediram Turguêniev de participar ativamente dos implacáveis debates que a *intelligentsia* russa conduziu entre os anos de 1840 e 1870 sobre os destinos do país e sobre a importância da arte para a transformação da sociedade. Em diversos artigos críticos, nas correspondências e, sobretudo, nas obras literárias, Turguêniev apresentou sua visão estética da realidade e polemizou com os intelectuais que tendiam à visão utilitária da arte. Essas décadas, sumamente importantes para o destino da Rússia, distinguiram-se pelo incomparável vigor da vida intelectual, capaz de gerar escritores e críticos de enorme estatura, tais como Dostoiévski, L. Tolstói e Gógol, Belínski, Tchernichévski e Dobroliúbov, pari passu à ascensão de novas forças sociais, de reformas políticas polêmicas e da progressiva inserção da Rússia na modernidade capitalista.

Ainda em meados da década de 1840, Turguêniev ganhava notoriedade com a publicação, na revista O contemporâneo, de uma série de esboços da vida rural russa, posteriormente reunidos no volume Memórias de um caçador (1852). Seguiram-se narrativas que iriam se tornar famosas por batizar e estabelecer definitivamente um tipo clássico da literatura russa, conhecido como o "homem supérfluo" – um protótipo dos jovens aristocratas da sua geração, homens mergulhados em uma melancolia e indecisão hamletianas. Esse personagem, a quem Turguêniev atribuía certa aura de heroísmo por sua dedicação a "ideais elevados", repete-se em muitas de suas novelas, tais como Diário de um homem supérfluo (1850), Rúdin (1856), Ássia (1858), Primeiro amor (1860), em contos como Fausto (1856) e retorna em sua obra madura Águas de Primavera (1872).

Em Águas de Primavera, o protagonista, um aristocrata de meia idade solitário e melancólico, recorda certo acontecimento da juventude que marcou definitivamente a sua vida. Após observar velhas cartas e algumas flores secas que restaram de amores dos quais fugiu covardemente (elementos presentes nas suas novelas anteriores), esbarra em uma cruz de granada que o faz relembrar outra história semelhante, mas com consequências mais trágicas para si. A narrativa se passa na Alemanha e aproxima o jovem aristocrata russo Sánin de uma família italiana radicada em Frankfurt, cujo personagem Pantaleone, um ex-cantor de ópera, velho, aposentado e que vê nos alemães apenas comerciantes ignorantes, guarda uma comicidade excepcional.

É importante observar que o pensamento e a literatura na Rússia entre os anos 1840-1860, desenvolveram-se em estreito vínculo com o Ocidente, não apenas pelo intenso contato com as obras europeias, mas também pela experiência de vida dos escritores russos naqueles países. A maior parte dos escritores daquela geração atravessou extensivamente a Europa, embora com diferentes objetivos e graus de curiosidade. Para a classe instruída russa, os anos quarenta e cinquenta foram décadas de grandes travessias por terras estrangeiras e de odisseias intelectuais e espirituais através das letras europeias. Essas jornadas eram consideradas parte da educação do homem cultivado, porque ampliavam os horizontes e reforçavam os valores civilizados adquiridos em suas leituras. Interessava-lhes mais o conhecimento dos costumes estrangeiros, a beleza das paisagens que mudavam sucessivamente, a rica e variada arquitetura, a observação do conforto oferecido pelas sociedades modernas, do que questões propriamente políticas (que serão a motivação da geração seguinte). A Itália é, provavelmente, o país que mais mereceu a afeição dos membros da *intelligentsia* russa dessa época, possivelmente por transmitir a impressão de uma atemporalidade que servia de refúgio à cruel realidade política de sua terra natal. Além disso, a Itália era um monumento à arte e ao valor eterno da beleza que Turguêniev tanto defendia, e que surge em suas obras em claro contraste com a rudeza e incivilidade de sua pátria.

Na novela *Águas de primavera*, observa-se pelos diálogos de Sánin com os italianos, como estes ficam impressionados ao tomarem conhecimento de que o valor das terras da nobreza russa é determinado pelo número de servos que ali trabalham e que são, portanto, parte da propriedade. Evidentemente, quando Turguêniev escreveu a novela, em 1872, a situação já era outra, as reformas efetivadas pelo *tsar* Alexandre II já haviam abolido oficialmente a servidão, embora na prática a situação ainda não houvesse se modificado radicalmente, o que só vai ocorrer de fato após a Revolução Russa. Mas devemos ter em vista que a narrativa se desenvolve nos anos 1840 – anos da juventude do escritor.

Turguêniev, como artista, é um grande pintor de paisagens e tipos humanos. Além dos "homens supérfluos", a cujo rol pertence tardiamente o protagonista Sánin, da novela em questão, Turguêniev apresentou ainda um personagem-tipo oposto a ele, o "niilista", com o qual, em seu romance *Pais e filhos* (1862), pretendeu encarnar a nova geração de intelectuais plebeus. Esse personagem, com que o autor fazia a crítica das novas ideias, veio a ter grande significação como protótipo dos intelectuais radicais e passou a dominar o imaginário, estando representado em inúmeros romances subsequentes, inclusive nos grandes romances de Dostoiévski.

Após os anos 1870, Turguêniev afastou-se progressivamente dos debates, escreveu ainda romances de menor acolhida e faleceu em Paris, em 1883.

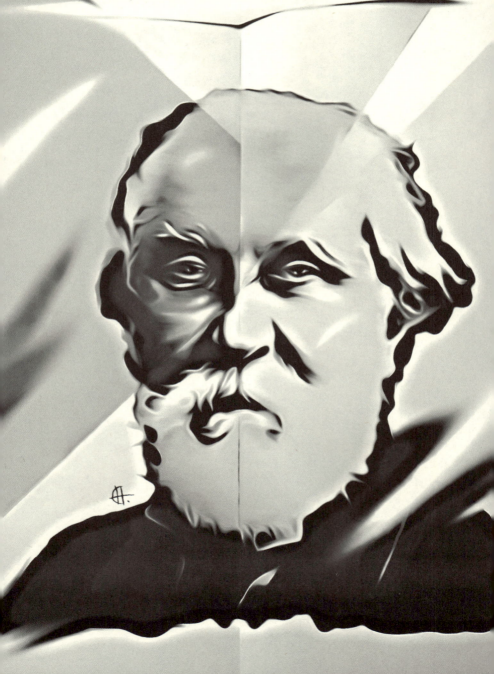

ÁGUAS DE PRIMAVERA

> *Anos ditosos,*
> *Dias faceiros -*
> *Qual águas de primavera*
> *Passaram ligeiros!*
>
> (de um antigo romanço)

Perto das duas da manhã, ele voltou ao seu gabinete. Dispensou o empregado que acendera as velas e, atirando-se à poltrona próxima à lareira, cobriu o rosto com ambas as mãos.

Nunca antes havia sentido tal cansaço físico e espiritual. Havia passado toda a noite em companhia de agradáveis damas e senhores distintos; algumas delas eram belas, e quase todos os homens sobressaíam pela inteligência e talento; ele próprio entretivera conversações com grande sucesso e até mesmo brilhantismo... e apesar de tudo, nunca antes esse *taedium vitae*, do qual já falavam os romanos, essa "aversão à vida", o havia dominado e oprimido com força tão avassaladora. Fosse um pouco mais jovem e choraria de tristeza, de melancolia, de exasperação; uma amargura corrosiva e pungente como o amargor do absinto enchia-lhe toda a alma. Algo obsessivo e abominável, repugnante e penoso apoderava-se dele por todos os lados, semelhante à noite escura do outono; e não sabia como afastar essa escuridão, essa amargura. Não esperava a tranquilidade do sono, sabia que não conseguiria adormecer.

Pôs-se a refletir... com vagar, lassidão e malevolência.

Tecia considerações sobre a vaidade, a inutilidade e a banal falsidade de tudo o que é humano. Passava em revista lentamente todas as idades (ele havia completado há pouco 52 anos) e nenhuma delas encontrava nele misericórdia. Em todas não havia mais que uma eterna falação vazia, as mesmas águas passadas e repassadas, sempre a mesma ilusão, entre escrupulosa e intencional – como a que se usa para entreter uma criança, para que não chore – e, de repente, cai como um golpe de neve sobre a cabeça a velhice – e com ela vem aquele medo constante da morte, que cresce, corrói e arruína tudo... e bum! Para o abismo! Ainda seria bom se a vida terminasse assim! Mas antes disso vem, inevitável como a ferrugem sobre o metal, a senilidade, os sofrimentos... O mar da vida não surgia à sua frente encrespado por ondas tempestuosas, como descrevem os poetas, não! Imaginava esse mar imperturbavelmente calmo, imóvel e cristalino até mesmo nas suas profundezas mais sombrias: ele próprio está sentado em um barco pequeno e instável, enquanto lá embaixo, nas profundezas escuras e lodosas, avistam-se, sob a forma de enormes peixes, monstros disformes: todos os males da vida, doenças, tristezas, loucura, miséria, cegueira... Fixa os olhos: eis que um desses monstros se destaca das trevas, ergue-se sempre mais e mais, torna-se cada vez mais nítido, de uma nitidez repugnante... Ainda um minuto – e o barco que o sustém naufragará! Nesse instante, porém, o monstro parece perder seus contornos, se afasta, desce ao fundo, e ali repousa, agitando ligeiramente as águas... No entanto, chegará o dia fatal em que fará naufragar o barco.

Sacudiu a cabeça, pulou da poltrona, caminhou pelo aposento cerca de duas vezes, sentou-se à escrivaninha e, abrindo as gavetas uma após outra, pôs-se a remexer em seus papéis, em velhas cartas, na sua maioria de mulheres. Não sabia por que o fazia, não procurava nada – queria apenas, por meio de uma ocupação exterior qualquer, afastar-se dos pensamentos que o afligiam. Tendo aberto ao acaso algumas cartas (em uma delas havia uma flor seca envolta por uma fita desbotada), deu de ombros, olhou para a lareira, atirou-as de lado, certamente tencionando queimar todo esse traste inútil. Enfiando as mãos apressadamente em uma e outra gaveta, subitamente esbugalhou os olhos, arrastou lentamente para fora uma caixinha octogonal de molde antigo, e ergueu cuidadosamente a sua tampa. Ali encontrou, sob duas camadas de algodão amarelecido, uma pequena cruz de granada.

Aturdido, observou essa pequena cruz por alguns instantes e, de súbito, emitiu uma exclamação sufocada... Sua expressão não revelava pesar, nem alegria. É um tipo de expressão que surge no rosto do indivíduo quando encontra alguém que há muito perdera de vista e a quem um dia amara ternamente; quando esse alguém ressurge à sua frente de forma inesperada, o mesmo de antes, mas transformado pelos anos.

Levantou-se, caminhou até a lareira e sentou-se novamente à poltrona – voltou a cobrir o rosto com as mãos... "Por que hoje? Justo hoje?" – pensou – e começou a lembrar-se de coisas há muito passadas.

Eis o que ele lembrava...

Mas antes é preciso dizer seu nome, patronímico e sobrenome. Chama-se Dmitri[1] Pávlovitch Sánin.

Eis aqui o que lembrava:

---

1   O nome Dmitri encontra-se grafado diretamente do russo. No entanto, quando os personagens italianos o pronunciam, aparece como Dimitri, uma distinção fonética marcada por Turguêniev e que reproduzimos nesta tradução.

I

Aconteceu no verão de 1840. Sánin recém completara vinte e dois anos e se encontrava em Frankfurt, retornando da Itália para a Rússia. Não era um homem de largas condições, mas era independente e quase sem família. Herdara alguns milhares de rublos pela morte de um parente distante e se decidira a gastá-los no estrangeiro antes de seu ingresso no serviço público, antes de vestir definitivamente a canga burocrática, sem a qual não podia conceber uma existência garantida. Sánin executou com precisão seu propósito, e suas providências foram tão hábeis que, no dia em que passava por Frankfurt, possuía a quantia de dinheiro exata para chegar a Petersburgo. Em 1840 ainda eram poucas as estradas de ferro; os turistas viajavam em diligências. Sánin comprou lugar em uma *beiwagen*, mas a diligência só sairia às onze horas da noite. Havia muito tempo. Felizmente o dia estava magnífico e Sánin, após almoçar no Cisne Branco, famoso hotel da época, pôs-se a perambular pela cidade. Assistiu *Ariadne*, de Dannecker, que não lhe agradou muito; visitou a casa de Goethe, de cujas obras lera apenas Werther – e ainda assim em tradução francesa; passeou pelas margens do Meno e entediou-se, como ocorre a todo viajante que se preze. Por fim, às seis horas da

tarde, cansado, com os pés empoeirados, encontrou-se em uma das ruas mais insignificantes de Frankfurt – rua que por muito tempo ele não pôde esquecer. Em uma das numerosas casas que ali se achavam, Sánin leu a tabuleta: "Confeitaria Italiana Giovanni Roselli" – anunciava-se ao passante. Decidiu entrar e tomar um copo de limonada. Na primeira peça da casa havia, por trás de um modesto balcão, um armário pintado que lembrava algumas farmácias: em suas prateleiras alinhavam-se uma série de garrafas com etiquetas douradas, e igual quantidade de frascos de vidro contendo torradas, pastilhas de chocolate e balas – mas nessa peça não havia viva alma, apenas um gato cinza de olhos semicerrados que ronronava, arranhando com as patas a cadeira alta de palha encostada à janela. Um grande novelo de lã vermelha no chão, ao lado de uma cestinha de madeira lavrada que tombara, brilhava vivamente ao raio oblíquo do sol da tarde. Ouviu-se certo tumulto no cômodo contíguo. Sánin deteve-se por um momento, fez ressoar o sino da porta e disse em voz alta: "Há alguém aí?". No mesmo instante a porta do cômodo vizinho se abriu e Sánin involuntariamente espantou-se.

II

Com as tranças negras esparramadas sobre os ombros e braços nus, entrava apressada e impetuosa uma moça de seus dezenove anos; ao ver Sánin, imediatamente dirigiu-se a ele, agarrou-o pela mão e o arrastou atrás de si, dizendo com voz sufocada: "Rápido, rápido, venha, nos salve!". Não foi falta de desejo em obedecê-la, mas excesso de espanto, o que impediu Sánin de segui-la imediatamente; ficou assim como que cravado no lugar: jamais havia visto na vida semelhante beleza. Mas a jovem voltou-se para ele com tamanho desespero na voz, no olhar, no movimento da mão fechada que levava convulsivamente à face pálida, dizendo: "Venha, venha!", que ele logo atirou-se atrás dela pela porta aberta.

No quarto onde penetrara quase correndo atrás da moça, sobre um divã antigo de estofado de crina, jazia todo branco – branco com reflexos amarelados como cera ou mármore antigo – um menino de seus quatorze anos, espantosamente semelhante à moça, certamente seu irmão. Tinha os olhos fechados, a sombra dos cabelos negros e espessos lançava uma mancha sobre a sua fronte, que parecia petrificada, e sobre as finas e imóveis sobrancelhas; por entre os lábios azulados viam-se os dentes trincados. Parecia que não respirava; um braço pendia para o chão, o outro apoiava a cabeça. O menino estava vestido e abotoado, uma gravata apertada comprimia-lhe o pescoço.

A moça lançou-se aos gritos para ele.

– Morreu, morreu! – gritou – Ele estava agora mesmo sentado, conversava comigo, de repente caiu e ficou imóvel... Meu Deus! Não se pode fazer nada? E mamãe não está aqui! Pantaleone, Pantaleone, cadê o médico? – acrescentou subitamente em italiano. – Você foi atrás do médico?

– *Signora*, não fui, mandei Luiza – ressoou uma voz rouca atrás da porta e, em seguida, entrou no quarto, mancando sobre as pernas tortas, um velhinho de fraque lilás com botões pretos, gravata branca alta, calças curtas de algodão grosso e meias azuis de lã. Seu rostinho diminuto sumia completamente sob a imensa cabeleira grisalha da cor do ferro que formava cachos para o alto e para os lados, caindo sob a forma de tranças desgrenhadas. A figura do ancião assumia o aspecto de uma galinha topetuda - semelhança deveras impressionante, pois sob a massa cinza-escura da cabeleira só se podia distinguir o nariz afilado e os olhos redondos e amarelados.

– A nossa Luiza anda mais depressa, eu não posso correr – continuou o velhinho em italiano, levantando alternadamente os pés chatos e tomados pela gota, enfiados em botinas altas com cadarço. – Mas trouxe água.

Com seus dedos secos e tortos ele apertava o comprido gargalo de uma garrafa.

– Emilio está morrendo! – gritou a moça e estendeu a mão para Sánin. – Oh, meu senhor, *mein Herr*! Não pode fazer alguma coisa?

— É preciso sangrar, é uma ataque de apoplexia — observou o velhinho, que atendia pelo nome de Pantaleone.

Embora Sánin não tivesse o menor conhecimento de medicina, uma coisa ele sabia com certeza: meninos de quatorze anos não sofrem de ataque de apoplexia.

— É um desmaio, não um ataque — disse, dirigindo-se a Pantaleone. — Você tem uma escova?

O velhinho ergueu o rosto miúdo.

— O que?

— Escova, escova — repetiu Sánin em alemão e francês. — Escova — e acrescentou o gesto de escovar a roupa.

O ancião afinal compreendeu.

— Ah, escova! *Spazzette*! Claro que temos escova!

— Traga uma aqui; vamos tirar-lhe o casaco e fazer uma fricção.

— Está bem... *Benone*! E não é bom jogar água na cabeça?

— Não... depois; vá depressa buscar a escova.

Pantaleone colocou a garrafa no chão, saiu correndo e logo retornou com duas escovas, uma de cabelo e outra de roupa. Um poodle o acompanhava e, abanando fortemente a cauda, olhava com curiosidade para o velho, para a moça e mesmo para Sánin — como se desejasse saber o que significava toda aquela agitação.

Sánin agilmente retirou o casaco do menino, desabotoou-lhe a gola, arregaçou-lhe as mangas da camisa e, armando-se da escova, começou a friccionar-lhe o peito e os braços com toda a força. Pantaleone, com o mesmo zelo, esfregava-lhe a outra escova pela calça e sapatos. A moça atirou-se de joelhos ao lado do divã, segurou a cabeça do irmão com ambas as mãos e, sem pestanejar, fixou os olhos em seu rosto.

Sánin friccionava, mas também a olhava de esguelha. "Meu Deus! Como é linda!"

III

O nariz da moça era um tanto grande, mas belo, aquilino; o lábio superior, levemente sombreado por uma penugem; por outro lado, a cor de sua tez, uniforme e opaca, era exatamente como a do marfim ou âmbar leitoso; o brilho ondulante dos cabelos, como os de Judith de Allori no Palazzo-Pitti – e particularmente os olhos cinza-escuros com uma orla negra ao redor da pupila eram esplêndidos, triunfantes – mesmo agora, quando o medo e a dor obnubilavam-lhes o brilho... Sánin involuntariamente lembrou-se daquela região maravilhosa de onde retornava... sim, mesmo na Itália não vira nada semelhante! A moça tinha a respiração entrecortada e irregular; parecia deter-se para esperar que o irmão começasse a respirar.

Sánin continuava a friccioná-lo; mas não olhava apenas a moça. A figura original de Pantaleone também atraía a sua atenção. O velho estava muito fraco e ofegante; a cada golpe da escova, pulava e soltava um gemido esganiçado, e suas enormes melenas, úmidas de suor, saltavam pesadamente de um lado para o outro, semelhante a raízes de uma planta volumosa quando lavadas pelas águas.

– Ao menos retire os sapatos – quis dizer Sánin...

O poodle, certamente excitado por toda aquela situação inusitada, ergueu-se de súbito sobre as patas dianteiras e pôs-se a latir.

– *Tartaglia-canaglia!* – murmurou o velho para ele.

Mas nesse instante o rosto da moça transfigurou-se. Levantou o cenho, os olhos tornaram-se ainda maiores e brilharam de alegria...

Sánin olhou... o rosto do menino readquirira a cor; as pestanas moviam-se... as narinas tremiam... soltou o ar por entre os dentes ainda trincados e suspirou...

– Emilio! – gritou a moça. – *Emilio mio!*

Aos poucos, o menino abriu os seus enormes olhos negros que expressavam ainda certo estupor, mas já sorriam levemente; o mesmo sorriso tênue surgiu em seus lábios pálidos. Em seguida moveu o braço que pendia e, num ímpeto, levou-o ao peito.

– Emilio! – a moça repetiu e se levantou. Sua fisionomia estava tão viva e radiante que parecia à beira ou de verter lágrimas ou de cair na gargalhada.

– Emilio! Que houve? Emilio! – ouviu-se por trás da porta, e penetrou no quarto a passos ágeis uma dama vestida com asseio, cabelos grisalhos prateados e rosto moreno. Um homem de meia-idade introduziu-se em seguida, e por detrás de seus ombros surgiu a cabeça de uma criada.

A moça correu ao encontro deles.

– Está salvo, mamãe, está vivo! – exclamou, abraçando convulsivamente a dama que entrava.

– Mas o que houve? – repetiu ela – Chego em casa... e encontro um médico com Luiza...

A moça começou a contar o que ocorrera e o médico se aproximou do doente, que aos poucos voltava a si e continuava a sorrir: parecia se envergonhar do alvoroço que provocara.

– Estou vendo que fizeram fricções com escovas – disse o médico se dirigindo a Sánin e a Pantaleone – fizeram muito bem... foi uma boa ideia... e agora vamos ver o que mais é necessário... – sentiu o pulso do menino. – Hum! Mostre a língua!

A dama, preocupada, inclinou-se para o filho. Este sorriu, sincero, ergueu os olhos para ela e enrubesceu...

Sánin teve a impressão de se tornar supérfluo, dirigiu-se à confeitaria. Não havia ainda alcançado a maçaneta da porta da rua, quando a moça surgiu novamente à sua frente e o deteve.

– O senhor vai embora? – começou ela, olhando-o no rosto carinhosamente – Não pretendo retê-lo, mas lhe peço para não deixar de vir nos ver hoje à noitinha, devemos-lhe tanto! É possível que tenha salvado meu irmão; queremos lhe agradecer, mamãe quer muito. Poderá nos contar quem você é e compartilhar da nossa alegria...

– Mas eu parto hoje para Berlim – gaguejou Sánin.

– Ainda terá tempo – replicou a moça vivamente –, venha dentro de uma hora tomar uma xícara de chocolate. Você promete? Tenho de voltar para dentro! Você virá?

Que mais Sánin poderia fazer?

– Virei – respondeu.

A bela moça apertou-lhe a mão rapidamente, saiu a passos ligeiros – e ele se encontrou na rua.

IV

Quando Sánin voltou à confeitaria Roselli, cerca de hora e meia mais tarde, foi acolhido como um parente. Emilio estava sentado no mesmo divã em que recebera a massagem; o médico lhe prescrevera remédios e recomendara "muito cuidado com as emoções", porque o paciente possuía temperamento nervoso, com tendência a doenças do coração. Apesar de já ter sofrido desmaios antes, nunca o ataque fora tão prolongado e forte. No entanto, o médico o declarara fora de perigo. Emilio vestia um largo roupão, como convém a um convalescente, e a mãe envolvera-lhe o pescoço em uma echarpe de lã azul clara; mas a fisionomia do menino estava alegre, quase eufórica. Em frente ao divã, sobre uma mesa redonda coberta por uma toalha limpa, destacava-se uma grande cafeteira de porcelana cheia de um chocolate quente aromático, cercada por xícaras, frascos com licor, biscoitos, pão branco e até mesmo flores; seis velas finas queimavam em dois antigos candelabros de prata; ao lado do divã, uma poltrona "Voltaire" oferecia seus braços macios – e justamente nela sentaram Sánin. Todos os moradores da confeitaria com quem ele havia travado conhecimento nesse dia estavam presentes, inclusive o poodle Tartaglia e o gato; todos pareciam indizivelmente fe-

Emílio

lizes; o poodle chegava a fungar de satisfação, e apenas o gato, em sua faceirice de sempre, semicerrava os olhos. Indagaram a Sánin quem era sua família, de onde era e como se chamava; quando disse que era russo, as damas ficaram, ambas, surpresas, soltaram mesmo exclamações – e em uníssono afirmaram que ele falava um alemão excelente, mas que, se preferisse se expressar em francês, ficasse à vontade, porque elas compreendiam perfeitamente esse idioma e também falavam. Sánin aceitou imediatamente a proposta. "Sánin! Sánin!" – as damas não esperavam de um sobrenome russo, que pudesse ser pronunciado tão facilmente. Seu nome, "Dmitri", também agradou muito. A mãe observou que, quando era jovem, ouvira uma bela ópera: *Demétrio e Polibo*, mas que "Dmitri" era ainda mais belo que "Demétrio". Dessa forma, Sánin conversou por cerca de uma hora. As mulheres revelaram a ele detalhes de sua própria vida. Quem mais falava era a mãe, uma senhora de cabelos grisalhos. Sánin ficou sabendo que se chamava Leonora Roselli; que era viúva de Giovanni Battista Roselli, o qual vinte e cinco anos antes se instalara em Frankfurt na qualidade de confeiteiro; que Giovanni Battista era natural de Vicenza, homem muito bom, apesar de um tanto irascível e arrogante, e ademais, republicano! Ao dizer essas palavras, a senhora Roselli apontava para o seu retrato pintado a óleo e pendurado acima do divã. É de se supor que o pintor – "também republicano!", como observou a senhora Roselli suspirando – não houvesse conseguido captar inteiramente as suas feições, já que no quadro o pacífico Giovanni Battista surgia como um brigante[2] sombrio e severo, tal qual Rinaldo Rinaldini! A senhora Roselli, propriamente, era natural da "antiga e bela ci-

---

2   Bandido, salteador.

dade de Parma, onde se encontra a maravilhosa cúpula pintada pelo imortal Correggio!" Mas com tão longa permanência na Alemanha, já quase se germanizara totalmente. Em seguida ela acrescentou, meneando a cabeça tristemente, que só lhe restavam esta filha e este filho (e os apontava com o dedo); que a filha se chamava Gemma e o filho Emilio; que ambos são filhos bons e obedientes, sobretudo Emilio... ("Eu não sou obediente?" interpôs a filha; "Ah, você também é republicana!" respondeu a mãe); que os negócios, é claro, andam agora piores que na época do marido, o qual fora um grande mestre confeiteiro... ("*Un grand'uomo!*" confirmou Pantaleone com fisionomia circunspecta); mas que, apesar de tudo, ainda se podia viver!

V

Gemma escutava a mãe e ora ria, ora suspirava, ora lhe acariciava os ombros, ora a ameaçava com o dedo, ora observava Sánin; por fim, levantou-se, abraçou e beijou a mãe no pescoço, fazendo-a rir e soltar gritinhos agudos. Pantaleone também foi apresentado a Sánin. Soube-se que outrora fora cantor de ópera, barítono, mas que há muito havia deixado suas ocupações com o teatro e se instalado junto à família Roselli como um amigo da casa e criado. Embora já vivesse há muito na Alemanha, mal aprendera o idioma, só o utilizando para xingar. *Verfluchte spitzbube*[3] – assim ele se referia a quase todos os alemães. Já o italiano, falava perfeitamente, pois era natural de Sinigaglia, onde se ouve *"língua toscana in bocca romana!"*. Emilio se deleitava nitidamente com toda essa situação, entregava-se à sensação prazerosa que sente o indivíduo que acaba de sair de um perigo e convalesce; e além disso podia-se perceber como os familiares o mimavam. Agradeceu timidamente a Sánin, mas, de resto, estava mesmo era interessado em avançar nos doces e licores. Sánin foi forçado a tomar duas grandes xícaras do excelente chocolate e a comer uma razoável quantidade de biscoitos: mal engolia um e Gemma já lhe

---

3 Maldito velhaco.

trazia outro – e não havia como recusar! Logo se sentiu em casa e o tempo passou a voar com incrível rapidez. Falou muito, contou sobre a Rússia, sobre o clima russo, a sociedade russa, o mujique e, sobretudo sobre os cossacos; sobre a guerra de 1812, Pedro o Grande, o Kremlin, e sobre as canções e os campanários russos. As mulheres tinham pouco conhecimento a respeito da nossa imensa e longínqua pátria; a senhora Roselli, ou, como a chamavam mais frequentemente, *Frau* Lenore, deixou Sánin perplexo com a surpreendente pergunta se havia ainda em Petersburgo a famosa casa toda de gelo, construída no século passado, sobre a qual ela lera há pouco um curioso artigo, em um dos livros de seu defunto esposo: "*Bellezze delle arti*" – e em resposta à interrogação de Sánin: "A senhora por acaso supõe que na Rússia nunca há verão?" – *Frau* Lenore replicou que até aquele momento ela fazia a seguinte imagem da Rússia: neves eternas, todos usam casacos de peliça e são militares – mas a hospitalidade é extraordinária e todos os camponeses são muito obedientes! Sánin tentou lhe transmitir, e também à filha, informações mais exatas. Quando a conversa recaiu sobre música russa, pediram-lhe logo que cantasse alguma ária e lhe indicaram um pequenino piano com teclas pretas no lugar das brancas e brancas no lugar das pretas. Ele acatou sem maiores delongas e, fazendo seu próprio acompanhamento com dois dedos da direita e três da esquerda (polegar, médio e mindinho), entoou com voz fina de tenor, algo fanhosa, inicialmente "Sarafán" – depois: "Pela rua da ponte". As damas elogiaram-lhe a voz e a música, mas o que mais as impressionou foi a suavidade e sonoridade da língua russa, e exigiram a tradução do texto. Sánin atendeu aos pedidos, mas como o termo "Sarafán" e, principalmente, "Pela rua da ponte" (que traduziu pelo sentido, como: *Sur une rue pavée une jeune fille allait à l'eau*) não transmitiam aos ouvintes um alto conceito sobre a poesia russa, então inicialmente declamou, depois traduziu e em seguida cantou os versos de Púchkin: "Lembro-me do maravilhoso instante", musicado por Glinka, modificando ligeiramente os estribilhos em tom menor. Deixou as damas extasiadas – *Frau* Lenore chegou mesmo a descobrir uma surpreendente semelhança entre o russo e o italiano: *"mgnoviênie" – "o, vieni"; "so mnói" – "siam nói"*; etc. Até mesmo os nomes: Púchkin (ela pronunciava Pússekin) e Glinka lhe soavam familiares. Sánin, por sua vez, pediu que as damas cantassem algo: elas também não se fizeram de rogadas. *Frau* Lenore sentou-se ao piano e, acompanhada por Gemma, cantou alguns duetos e ritornellos. A mãe outrora tivera uma bela voz de contralto; a voz da filha era um pouco fraca, mas agradável.

VI

Mas não era a voz de Gemma que Sánin admirava e sim toda ela. Sentado de lado, inclinado levemente para trás, pensava consigo mesmo que nenhuma palmeira – mesmo a dos versos de Benedíktov, então poeta da moda – seria capaz de rivalizar com a graciosa harmonia de suas linhas. Quando, nas notas sentimentais, ela erguia os olhos, parecia-lhe que não havia céu que não se abrisse diante de tal olhar. Também o velho Pantaleone que, apoiando o ombro ao umbral da porta, mergulhara o queixo e a boca numa larga gravata enquanto escutava atento e com ar de entendido – mesmo ele admirava o rosto da bela moça e maravilhava-se – ele que já deveria estar acostumado! Assim que terminaram os duetos, *Frau* Lenore fez a observação de que Emilio tinha uma voz excelente, prata autêntica, mas que entrava agora na adolescência, quando a voz se modifica (de fato, sua voz constantemente variava) – e por isso não podia cantar; mas que Pantaleone poderia, em homenagem ao visitante, recordar os tempos antigos! Pantaleone imediatamente assumiu ar descontente, tornou-se carrancudo, arrepiou os cabelos e declarou que já há muito abandonara tudo isso, embora na sua juventude houvesse realmente se destacado... e além do mais, pertence àquela

grande época em que havia cantores clássicos de verdade – que não se comparam aos atuais piadores! – e uma verdadeira escola de canto; que uma vez, em Modena, outorgaram-lhe, a ele, Pantaleone Zippatola de Varese, uma coroa de louros, e para essa solenidade introduziram pombos brancos no teatro; que, entre outros, um príncipe russo de nome Tarbuski – *"il príncipe Tarbuski"* –, com o qual ele mantivera as mais amistosas relações, sempre o convidava durante a ceia para ir à Rússia e lhe prometia montanhas de ouro, montanhas!... Mas que ele não quis se afastar da Itália, da terra de Dante – *"il paese del Dante"* – e mais tarde, infelizmente, ocorreram situações desagradáveis, ele próprio não foi cuidadoso... Aqui o velho se deteve, suspirou fundo duas vezes, baixou os olhos – e novamente retomou a narrativa sobre a época clássica do canto, sobre o célebre tenor Garcia, por quem nutria grande devoção e ilimitado respeito.

– Isso é que era homem! – exclamou. – Nunca o grande Garcia – *"il gran Garcia"* – se rebaixou a cantar como os tenorezinhos de agora – os *"tenoracci"* – em voz de falsete, mas sempre com a voz de peito, de peito – *"voce di petto, si!"* – O velho batia com força seu punho pequeno e magro no peitilho da camisa – E que ator! Um vulcão, *"signori miei"*, um vulcão, *"un Vesúvio"*! Tive a honra e a felicidade de cantar com ele na *opere dell'illustríssimo maestro* Rossini – em *Otelo*! Garcia era Otelo, eu fazia Iago, e quando ele cantou esta frase...

Nesse momento Pantaleone assumiu a pose adequada e começou a cantar com voz trêmula e rouca, um tanto patética:

L'i... ra daver... so daver... so il fato
Io più no... no... no... non temero[4]

---

4 "A ira do destino, não mais temerei."

O teatro estremeceu, *signori miei*! Mas eu não fiquei atrás; também o segui:

*L'i.. .ra daver... so daver... so il fato
Temer più non dovro!*[5]

– E ele, de repente, como um relâmpago, como um tigre: *Morro!... ma vendicato...*[6]

Ou ainda quando ele cantava... quando ele cantava essa famosa ária de *Matrimonio segreto*: *Pria che spunti...* Aqui *il gran Garcia*, depois das palavras: *I cavalli di galoppo* – acentuava as palavras: *Senza posa cacciera*[7] – "ouça como é magnífico, *com'è stupendo!*" – aqui ele acentuava... – o velho encenou alguns floreios extraordinários, e na décima nota hesitou, tossiu e com um aceno, virou-se e murmurou: "por que vocês me torturam?". Gemma imediatamente pulou da cadeira e, aplaudindo forte, com gritos de "Bravo!... Bravo!", aproximou-se do pobre Iago aposentado e com as duas mãos bateu-lhe carinhosamente nos ombros. Só Emilio ria impiedosamente. *Cet âge est sans pitié* – essa idade é implacável – já dizia Lafontaine.

Para alegrar o anciã0-cantor, Sánin começou a lhe falar em italiano (havia captado o idioma levemente, durante a sua última viagem), pondo-se a discorrer sobre o *"paese del Dante, dove il si suona"*. Esta frase e *"lasciate ogni speranza"* constituíam toda a bagagem poética italiana do jovem turista; mas Pantaleone não cedia a seus esforços. Mergulhando ainda mais profundamente o queixo na gravata e com olhos sombrios e saltados, ficou novamente parecido com uma ave, e ainda por cima zangada – um corvo ou um falcão. Nesse momento, Emi-

---
5 "A ira do destino, temer mais não devo."
6 "Morrerei!... mas vingado..."
7 "Sem pausa perseguirá."

lio, enrubescendo ligeiramente como ocorre às crianças mimadas, dirigiu-se à irmã e lhe disse que, se quisesse distrair o visitante, não poderia imaginar nada melhor do que ler para ele uma das comédias de Maltz, coisa que ela fazia tão bem. Gemma começou a rir, deu um tapinha na mão de Emilio e exclamou que ele "tem cada ideia!"... No entanto, foi imediatamente ao seu quarto, de onde retornou em seguida com um livrinho na mão, sentou-se à mesa sob a lâmpada, olhou em volta, levantou o dedo – "Silêncio, atenção!" – gesto puramente italiano – e começou a ler.

VII

Maltz era um escritor de Frankfurt dos anos 1830, e suas comédias curtas e ligeiras, escritas em dialeto local, refletiam com humor vivo e divertido, embora superficial, os tipos da cidade. O fato é que Gemma lia com maestria, como uma artista. Destacava cada personagem e acentuava suas características com perfeição por meio de mímica, herança do sangue italiano; sem poupar nem sua voz terna, nem sua bela fisionomia, ela – quando era preciso representar seja uma velha caduca, seja um burgomestre grosseirão – fazia as caretas mais engraçadas, revirava os olhos, enrugava o nariz, chiava, pipilava... Enquanto estava lendo, não ria; mas quando os ouvintes (com exceção, é verdade, de Pantaleone, que logo de início se afastou, indignado com o discurso naquele *ferrofluc-to tedesco*[8]), quando os ouvintes a interrompiam com uma explosão de gostosas gargalhadas, ela mesma gargalhava, pondo o livro sobre o joelho e jogando a cabeça para trás e os cachos negros de seus cabelos pulavam como anéis macios pelo pescoço e pelos ombros sacudidos. Cessava a gargalhada, ela prontamente erguia o livro e, voltando a dar aos personagens a con-

---

8   Maldito alemão.

figuração precisa, punha-se a ler com seriedade. Sánin não se cansava de admirá-la; impressionava-o particularmente o milagre que permitia a esse rosto de uma beleza ideal assumir expressão tão cômica, às vezes quase trivial. Gemma lia de forma menos satisfatória os papéis das moças chamadas *"jeunes premières"*[9], sobretudo as cenas amorosas; ela própria sentia isso e, assim, infundia-lhes um leve acento cômico, como se não acreditasse em todos esses juramentos solenes e discursos elevados, dos quais, de resto, o próprio autor se esquivava na medida do possível.

Sánin não percebeu como a noite voava e apenas se deu conta da viagem que tinha pela frente quando o relógio bateu dez horas. Pulou da cadeira de supetão.

– Que houve? – perguntou *Frau* Lenore.

– Eu devia viajar hoje para Berlim, já comprei lugar na diligência!

– A que horas sai a diligência?

– Às dez e meia.

– Bem, já não dá mais tempo – observou Gemma. – Fique... vou continuar a leitura.

– Você pagou toda a passagem, ou apenas uma parte? – indagou curiosa *Frau* Lenore.

– Toda! – exclamou Sánin com uma careta de tristeza.

Gemma olhou para ele, apertou os olhos e desatou a rir, mas a mãe a censurou.

– O rapaz gastou dinheiro à toa e você ri!

– Tudo bem – respondeu Gemma – isso não vai arruiná-lo e nós o consolaremos. Quer limonada?

Sánin tomou um copo de limonada. Gemma retomou Maltz e tudo voltou às mil maravilhas.

---

9 Heroínas.

O relógio bateu as doze. Sánin despediu-se.

– Você agora deve ficar alguns dias em Frankfurt – disse-lhe Gemma –, para que ter pressa? Nenhuma outra cidade é tão divertida – a moça fez uma pausa – Verdade! – acrescentou e sorriu. Sánin não respondeu e pensou que, por estar com a carteira vazia, teria forçosamente de ficar em Frankfurt até que recebesse resposta de um amigo seu de Berlim, a quem pretendia pedir dinheiro emprestado.

– Fique, fique! – proferiu também *Frau* Lenore. – Vamos apresentá-lo ao noivo de Gemma, o senhor Karl Klüber. Hoje não pôde vir, está muito ocupado na loja... o senhor deve ter visto em Ziel uma grande loja de tecidos de lã e de seda, não? Ele é o chefe de lá. Terá muito prazer em conhecê-lo.

Essa notícia – só Deus sabe por quê – deixou Sánin levemente desapontado. "Que feliz esse noivo!" – passou-lhe pela cabeça. Olhou para Gemma e lhe pareceu ter visto uma expressão zombeteira em seus olhos. Despediu-se.

– Até amanhã? Até amanhã, então? – perguntou *Frau* Lenore.

– Até amanhã! – pronunciou Gemma em tom afirmativo, e não interrogativo, como se não pudesse ser de outra forma.

– Até amanhã! – respondeu Sánin.

Emilio, Pantaleone e o poodle Tartaglia acompanharam-no até a esquina da rua... Pantaleone não pôde deixar de manifestar seu descontentamento com a leitura de Gemma.

– Como pode ela não sentir vergonha! Faz careta, chia... *una carricatura*! Ainda se representasse *Mérope* ou *Clitemnestra*... algo de grande, trágico, mas prefere arremedar um alemão qualquer indecente! Não suporto... *Mertz, Kertz, Smertz* – acrescentou com voz rouca, movendo o rosto para frente e abrindo os dedos. Tartaglia latiu para ele e Emilio gargalhou. O velho, bruscamente, retornou.

Sánin dirigiu-se ao hotel "Cisne Branco" (havia deixado ali seus pertences, numa sala comum) em grande confusão de espírito. Todas essas conversas em alemão, francês e italiano ecoavam em seus ouvidos.

– Noiva! – murmurou já deitado na cama do modesto aposento que lhe fora reservado. – E tão linda! E por que será que eu fiquei?

Entretanto, no dia seguinte enviou a carta ao amigo de Berlim.

VIII

Sánin não havia ainda se vestido e um empregado já lhe prevenia sobre a chegada de dois senhores. Um deles era Emilio; o outro, um jovem alto e bem apessoado, *Herr* Karl Klüber, o noivo da bela Gemma.

É provável que naquela época, em toda Frankfurt, não houvesse em loja alguma chefe de comércio tão cortês, decoroso, altivo e amável como o senhor Klüber. Sua toalete impecável estava à altura da dignidade da sua postura, da sua elegância – é verdade que um tanto afetada e comedida, ao estilo inglês (ele havia passado dois anos na Inglaterra) – mas, em todo caso, uma elegância sedutora! À primeira vista ficava claro que esse belo jovem de ar um pouco grave, excelente educação e magnificamente asseado estava habituado a obedecer aos superiores e dar ordens aos subalternos, e que, uma vez atrás do balcão de sua loja, deveria necessariamente inspirar respeito aos clientes. Não poderia haver a menor sombra de dúvida sobre a sua extraordinária honestidade: bastava olhar para o seu colarinho bem engomado! E sua voz era exatamente o que se poderia esperar: densa e firme, não muito alta e até mesmo com certa ternura no timbre! Essa voz é a que mais convém para dar ordens a funcionários do comércio. "Mostre

lá aquela peça de veludo escarlate de Lion", ou: "Traga uma cadeira para essa senhora!".

O senhor Klüber se apresentou inclinando o corpo tão nobremente, movendo as pernas de forma tão elegante e batendo os pés tão respeitosamente, que qualquer um necessariamente pensaria: "Os trajes e as qualidades morais desse sujeito são de primeira ordem!". O detalhe da mão direita sem luva (a mão esquerda vestia uma luva sueca e segurava um chapéu lustroso como um espelho, contendo ao fundo a outra luva) – o detalhe dessa mão direita que estendeu a Sánin de forma modesta, mas firme, superava todas as expectativas: as formas das suas unhas eram perfeitas! Em seguida ele comunicou em alemão castiço que desejava manifestar seu respeito e gratidão ao senhor estrangeiro que prestara serviço tão importante ao seu futuro parente, irmão da sua noiva; e ao dizer isso, levou a mão esquerda, a que segurava o chapéu, na direção de Emilio; este, parecendo se envergonhar, voltou-se para a janela e pôs um dedo na boca. O senhor Klüber acrescentou que se consideraria feliz se pudesse, por sua vez, retribuir ao senhor estrangeiro. Sánin respondeu, não sem alguma dificuldade com o idioma, que se sentia muito grato... que o serviço que prestou fora de pouca monta... e convidou os visitantes a se sentar. *Herr* Klüber agradeceu e, afastando instantaneamente as abas do fraque, sentou-se à cadeira indicada, mas de forma tão leve e precária, que era impossível não perceber: "Esse sujeito sentou-se por delicadeza, não demora e levanta voo". E realmente logo se levantou, um pouco sem graça, deu dois passos como se dançasse, desculpou-se por infelizmente não poder ficar, tinha pressa de chegar à loja – os negócios antes de tudo! – mas amanhã é domingo então, com o consentimento de *Frau* Lenore e *Fraulein* Gemma, organizava um passeio divertido a Soden, para o qual tinha a honra de convidar o senhor estrangeiro – e alimentava a esperança de que este não se furtasse a adorná-lo com a sua presença. Sánin não recusou o convite. *Herr* Klüber se apresentou pela segunda vez e se retirou, movendo-se rápido e elegante em suas calças delicadíssimas cor de ervilha, rangendo o assoalho sob suas botas novíssimas de forma igualmente elegante.

IX

Emilio, que continuava em pé com o rosto virado para a janela mesmo após o convite de Sánin para que se sentassem, deu uma volta à esquerda assim que o futuro parente saiu e, fazendo careta como uma criança e enrubescendo, perguntou a Sánin se poderia ficar mais um pouco. "Hoje estou bem melhor" – acrescentou – "mas o médico me proibiu de trabalhar".

– Fique! Você não me incomoda – disse lentamente Sánin que, como todo russo autêntico, alegrava-se ao primeiro pretexto que surgia para não ter de se ocupar com coisa alguma.

Emilio agradeceu, e logo se sentiu inteiramente à vontade com ele, em seu quarto; passou a observar seus pertences e a lhe fazer perguntas sobre quase tudo: onde havia comprado tal coisa? Quanto custara? Ajudou-o a se barbear, notando que ficaria bem se deixasse o bigode; informou-lhe, por fim, muitos detalhes sobre a mãe, a irmã, Pantaleone, até sobre o poodle Tartaglia, sobre o cotidiano de sua família. Toda sua aparência de timidez desapareceu; de repente sentiu uma fantástica atração por Sánin – e não exatamente porque este na véspera havia salvado sua vida, mas porque era mesmo uma pessoa muito simpática! Não demorou a lhe confiar todos os seus segredos. Com particular ênfase, discorreu sobre o desejo de sua mãe em torná-lo a todo custo um comerciante – mas ele sabe, e sabe com certeza, que nasceu para ser artista, músico, cantor; que o teatro é sua verdadeira vocação; o próprio Pantaleone o estimulava, mas já o senhor Klüber apoiava sua mãe, sobre quem, aliás, tinha grande influência; ademais, essa ideia de torná-lo negociante partira do próprio senhor Klüber, que considera que nada no mundo pode se comparar ao título de comerciante! Vender tecidos, veludo e enganar o público cobrando *narren oder russen-preise* (preços para imbecis ou russos) – esse é o seu ideal!

– Bem, que fazer! Vamos lá para casa! – disse a Sánin, assim que este terminou a toalete e concluiu a carta para Berlim.

– Ainda é cedo – observou Sánin.

– Não tem importância – replicou Emilio, gentilmente – Vamos lá! Passamos pelo correio e de lá seguimos. Gemma terá tanto prazer em revê-lo! Você toma café conosco... e então poderá dizer alguma coisa a mamãe sobre mim, sobre a minha carreira...

– Está bem, vamos lá – disse Sánin, e saíram.

X

Gemma realmente ficou alegre em vê-lo e *Frau* Lenore o saudou muito amigavelmente: era nítido que na véspera havia causado boa impressão a ambas. Emilio correu para providenciar o café da manhã, mas não sem antes sussurrar ao ouvido de Sánin: "Não se esqueça!".

– Não vou me esquecer – respondeu Sánin.

Frau Lenore não estava muito bem de saúde: sofria de enxaqueca – e recostada na poltrona tentava não se mexer. Gemma vestia uma blusa larga amarela, atada por um cinto preto de couro; parecia fatigada e estava ligeiramente pálida; as olheiras obscureciam-lhe os olhos, sem, no entanto, ofuscar seu brilho – e a palidez acrescentava um quê misterioso e encantador aos traços austeros e clássicos de sua fisionomia. Impressionou a Sánin particularmente nesse dia a beleza graciosa de suas mãos: quando ajeitava ou prendia os cachos escuros e luminosos, o olhar do visitante não podia se desviar daqueles dedos longos e flexíveis, separados uns dos outros como na *Fornarina* de Rafael.

Lá fora fazia muito calor. Depois do café, Sánin teve vontade de se retirar, mas fizeram-no ver que num dia como esse o melhor era não se movimentar muito – e ele concordou; ficou. No aposento dos fundos em que estava com a família reinava certo frescor; a janela dava para um pequeno jardim onde cresciam acácias. Uma enorme quantidade de abelhas, zangões e vespas zumbia com uma voracidade unânime nos galhos abundantes, cobertos de flores douradas; através das persianas semicerradas e das esteiras abaixadas penetrava um ruído incessante e o visitante se pôs a falar do calor que impregnava o ar exterior – o que tornava tanto mais agradável o frescor da habitação fechada e confortável.

Sánin falava muito, como na véspera, mas não sobre a Rússia ou a vida russa. Desejando agradar seu jovem amigo, que logo após o café foi mandado à loja do senhor Klüber praticar contabilidade – entabulou uma conversa em que comparava as vantagens e desvantagens da arte e do comércio. Não se surpreendeu por *Frau* Lenore tomar partido do comércio – isso ele já esperava, mas também Gemma partilhava a opinião da mãe.

– Se você é artista e, sobretudo, cantor – sustentou a moça, movendo energicamente a mão de cima para baixo –, terá necessariamente que ocupar o primeiro lugar! O segundo já não serve para nada; e quem pode saber se você consegue alcançar o primeiro lugar?

Pantaleone, que também participava da conversa (era-lhe permitido como antigo criado e pessoa idosa até mesmo se sentar à cadeira na presença dos donos da casa; os italianos em geral não são rígidos em relação à etiqueta), como se pode imaginar, levantava-se em defesa da arte. É verdade que seus argumentos eram bastante fracos: insistia no fato de que ser dotado de *un certo estro d'inspirazione* – certa veia de inspira-

ção – era a coisa mais importante. *Frau* Lenore observou que evidentemente ele possuía esse *estro*, mas, no entanto...
– Eu tinha inimigos – observou Pantaleone, sombrio.
– E por que motivo você julga (os italianos, como se sabe, facilmente se "inflamam") que Emilio não terá inimigos, ainda que nele se revele esse *estro*?
– Bem, então façam dele um negociante – pronunciou com tristeza Pantaleone –, mas Giovanni Battista não procederia assim, embora fosse confeiteiro!
– Giovanni Battista, meu marido, era uma pessoa sensata... e se na juventude se deixou empolgar...
Mas o velho já não queria ouvir mais nada e retirou-se, exclamando ainda uma vez em tom de censura:
– Ah! Giovanni Battista!...
Gemma declarou que se Emilio se sentisse patriota e desejasse dedicar todas as suas energias à libertação da Itália, então, certamente, a um objetivo tão nobre e sagrado poderia sacrificar um futuro garantido – mas não ao teatro! Nesse ponto, *Frau* Lenore ficou agitada e começou a suplicar à filha que não desencaminhasse o irmão e se contentasse em ser apenas ela uma republicana empedernida! Após pronunciar essas palavras, *Frau* Lenore começou a gemer e a se queixar de dor de cabeça, que estava prestes a "estourar" (por respeito ao visitante, falava com a filha em francês).
Gemma imediatamente se pôs a cuidar dela, soprou-lhe a fronte levemente, depois de umedecê-la com água de colônia, beijou-lhe suavemente as faces, apoiou a cabeça da mãe sobre uma almofada, proibiu-a de falar – e beijou-a novamente. Depois, dirigindo-se a Sánin, começou a relatar em tom meio brejeiro, meio comovido, a mãe maravilhosa que tinha

e como ela havia sido bela! "Mas o que estou dizendo? Foi? É! Ainda hoje é um encanto: veja, veja que olhos ela tem!"

Gemma tirou rapidamente do bolso um lenço branco, cobriu o rosto da mãe e, levantando lentamente a borda de cima para baixo, descobriu-lhe a testa, as sobrancelhas e por fim os olhos; esperou um pouco e pediu que ela os abrisse. *Frau* Lenore obedeceu; Gemma exclamou com admiração (os olhos eram realmente muito bonitos) – e, escorregando o lenço rapidamente pela parte inferior do rosto da mãe, menos harmoniosa, encheu-a novamente de beijos. *Frau* Lenore riu e se virou ligeiramente; com um esforço fingido afastou a filha, que também simulou um embate com a mãe, terminando por acariciá-la – mas não como se acaricia um gato, e nem à moda francesa, e sim com aquela graça italiana, sempre com um vigor especial.

Por fim, *Frau* Lenore declarou que estava cansada... Gemma, então, aconselhou-a a dormir um pouco, ali mesmo, na poltrona, "e nós – eu e o *monsieur russe* – vamos ficar aqui quietinhos, quietinhos... como ratinhos... *comme des petites souris*". *Frau* Lenore sorriu-lhe em resposta, fechou os olhos e, suspirando um pouco, pôs-se a cochilar. Gemma agilmente sentou-se em um banquinho perto dela e não se mexeu mais, limitando-se, vez por outra, a levar o dedo aos lábios pedindo silêncio – com a outra mão segurava a almofada sob a cabeça da mãe – olhando de soslaio para Sánin, quando este se permitia o menor movimento. Afinal, o visitante como que se imobilizou e passou a admirar com toda a alma, fascinado, o quadro que se apresentava à sua frente: o aposento na penumbra, onde brilhavam aqui e acolá, como pontos luminosos, rosas exuberantes e frescas arrumadas em antigos copos verdes; a mulher adormecida, com os braços cruzados, de fisionomia boa e cansada, cercada pela alvura de neve da almofada, e aquela criatura jovem, um tanto irrequieta, mas também boa, inteligente, pura e indizivelmente bela, com olhos negros profundos encobertos por sombras e ainda assim iluminados... O que é tudo isso? Um sonho? Uma fábula? Como ele foi parar ali?

XI

O sino da porta tocou. Um jovem camponês de gorro de peles e colete vermelho entrou na confeitaria. Desde cedo ainda nenhum cliente havia aparecido... "Veja que movimento tem nossa casa!", tinha observado *Frau* Lenore com um suspiro durante o café da manhã. Ela continuava a cochilar. Gemma não quis soltar a mão da almofada e sussurrou a Sánin: "Vá, atenda você o freguês por mim!". Imediatamente o visitante se dirigiu à confeitaria, na ponta dos pés. O camponês queria um quarto de libra de pastilhas de hortelã.

– Quanto custa? – perguntou baixinho a Gemma pela porta.

– Seis *kreutzers*! – respondeu ela no mesmo sussurro.

Sánin pesou o quarto de libra, apanhou um pedaço de papel, fez um tubo, introduziu as pastilhas, derramou-as, introduziu-as novamente, de novo derramou-as, finalmente as entregou, recebeu o dinheiro... O rapaz o olhava com espanto, enquanto apertava o gorro contra o estômago, e Gemma, no cômodo contíguo, apertava os lábios para não estourar de rir. Mal o comprador saiu, apareceu outro, e depois um terceiro... "Pelo visto tenho sorte!", pensou Sánin. O segundo pediu um copo de refresco de amêndoas, o terceiro, meia libra de doces.

Sánin atendia a todos com entusiasmo, batia as colherinhas, movia os pratinhos, e com desenvoltura metia os dedos nas caixas e latas. Feitas as contas, verificou ter vendido mais barato o refresco de amêndoas e ter cobrado pelos doces dois *kreutzers* a mais. Gemma não cessava de rir às escondidas, e Sánin se sentia inusitadamente alegre, num estado de espírito particularmente feliz. Parecia-lhe que poderia passar a vida toda assim, atrás do balcão a vender doces e refrescos de amêndoas, enquanto aquela querida criatura o observava pela porta com olhos brejeiros e amistosos; e o sol de verão, atravessando a frondosa folhagem dos castanheiros que cresciam em frente às janelas, inundava todo o ambiente com o ouro esverdeado de seus raios e sombras do meio-dia; e o coração se enternecia na doce e lânguida indolência, na despreocupação da juventude – da primeira juventude!

Um quarto freguês pediu uma xícara de café e o vendedor teve de recorrer a Pantaleone (Emilio ainda não havia voltado da loja do senhor Klüber). Sánin sentou-se novamente aos pés de Gemma. *Frau* Lenore ainda cochilava, para grande satisfação da filha.

– O sono cura a enxaqueca da mamãe – observou.

Sánin começou a falar – ou melhor, a sussurrar como antes – sobre as suas vendas; com ar grave, inteirou-se dos preços das diversas mercadorias; Gemma, igualmente séria, dava-lhe as informações, mas no fundo ambos riam amistosamente, como se compreendessem perfeitamente que representavam uma comédia divertida. De súbito, um realejo começou a tocar na rua uma ária de Freischuetz: *Durch die felder, durch die Auen...*[10] Os sons derramavam lamentos, assoviando e tremu-

---

10 Através dos campos, através dos vales...

lando pelo ar imóvel. Gemma estremeceu... "Vai acordar mamãe!". Sánin rapidamente pulou para a rua, pôs alguns *kreutzers* na mão do tocador, e o obrigou a silenciar e a se retirar. Quando voltou, Gemma agradeceu com um ligeiro gesto de cabeça e, sorrindo com ar pensativo, começou a entoar bem baixinho uma bela melodia de Weber, em que Max expressa todas as indecisões do primeiro amor. Em seguida, perguntou a Sánin se conhecia Freischuetz, se gostava de Weber, e acrescentou que, embora fosse italiana, apreciava essa música mais que tudo. De Weber a conversa escorregou para a poesia e o romantismo, e para Hoffmann, muito lido na época...

Frau Lenore continuava a cochilar e mesmo a roncar baixinho; as faixas estreitas dos raios de sol filtradas pelas persianas moviam-se imperceptível e continuamente: andavam pelo assoalho, pela mobília, pelo vestido de Gemma, pelas folhas e pétalas das flores.

XII

Soube-se que Gemma não apreciava muito Hoffmann, e que o considerava mesmo... enfadonho! O elemento fantástico e nebuloso de suas narrativas não combinava com a sua natureza iluminada do sul. "São fábulas, coisas para crianças!" – afirmava ela com certo desdém. A falta de poesia em Hoffmann também lhe causava estranheza. Mas havia uma novela desse autor, cujo título ela esquecera, de que gostava muito; falando francamente, apenas o início dessa novela lhe agradara, o final ou não lera, ou também esquecera. Trata-se de um jovem que em algum lugar, talvez numa confeitaria, encontra uma moça grega de impressionante beleza; um velho mau, misterioso e estranho a acompanhava. O jovem apaixona-se ao primeiro olhar; ela o olha com ar pesaroso, como se implorasse que ele a libertasse... Ele se afasta por um momento e, quando volta à confeitaria, já não encontra nem a moça, nem o velho; põe-se a procurá-la e sempre se depara com as pegadas frescas de ambos, persegue-as, mas nunca, de forma alguma, em nenhum lugar os alcança. A bela moça desaparece para sempre e ele não tem forças para esquecer aquele olhar suplicante; tortura-lhe o pensamento de que talvez toda a felicidade da sua vida lhe tenha escapado das mãos...

É pouco provável que Hoffmann termine assim a sua novela, mas é como se fixara na memória de Gemma.

– Parece-me – proferiu ela – que semelhantes encontros e separações acontecem no mundo mais frequentemente do que imaginamos.

Sánin se manteve em silêncio... e em seguida começou a falar... sobre o senhor Klüber. Era a primeira vez que o mencionava; até esse momento, não havia nem sequer se lembrado dele.

Gemma, por sua vez, permaneceu calada e pensativa, roendo de leve a unha do dedo indicador, olhando para o lado. Depois, elogiou o noivo, mencionou o passeio que ele organizara para o dia seguinte e, lançando um rápido olhar a Sánin, calou-se novamente.

Sánin não sabia como retomar a conversa.

Emilio entrou correndo e a barulheira despertou *Frau* Lenore... Sánin se alegrou ao vê-lo.

Frau Lenore se levantou da poltrona. Surgiu Pantaleone e anunciou que o almoço estava pronto. O amigo da casa, ex-cantor e criado, exercia também a função de cozinheiro.

XIII

Sánin permaneceu após o almoço. Não o deixaram partir, e usaram do mesmo pretexto: o intenso calor; quando a temperatura amenizou, convidaram-no para ir ao jardim tomar café à sombra das acácias. O jovem consentiu. Sentia-se muito bem. Quando a vida corre uniforme, calma e harmoniosa, oferece grandes encantos – e ele se entregava com prazer, nada exigindo em particular do presente, sem pensar no futuro, sem se lembrar do passado. Quanto valia estar perto de uma moça como Gemma? Logo se separaria dela, e certamente para sempre; mas enquanto a mesma nau os levava pelas mansas correntezas da vida, como no romanço de Uhland – alegre-se, aproveite viajante! Tudo parecia agradável e doce ao feliz andarilho. *Frau* Lenore propôs-lhe unir-se a ela e a Pantaleone no *trecette*, ensinou-lhe esse fácil jogo de cartas italiano, ganhou-lhe alguns kreutzers, e ele ficou muito satisfeito; Pantaleone, a pedido de Emilio, obrigou a poodle Tartaglia a fazer todas as piruetas que sabia: Tartaglia pulou sobre um bastão, "falou", isto é, latiu, espirrou, fechou a porta com o focinho, arrastou um sapato gasto do seu dono e, por fim, com uma velha barretina sobre a cabeça, imitou o marechal Berna-

dotte, que se submeteu à cruel acusação de traição pelo imperador Napoleão. Pantaleone representava Napoleão, e atuou com muita verdade: cruzou a mão no peito, colocou o tricórnio sobre os olhos e falou em francês com grosseria e rispidez (mas, Deus! Que francês!). Tartaglia sentou-se diante do seu soberano, todo encolhido, o rabo entre as patas, pestanejando e contraindo os olhos de medo sob a pala da barretina posta obliquamente; vez por outra, quando Napoleão subia o tom de voz, Bernadotte erguia-se nas patas traseiras. "*Fuori traditore!*"[11] – gritou afinal Napoleão, esquecendo, por excesso de irritação, que deveria manter até o fim seu personagem francês – e Bernadotte lançou-se precipitadamente sob o divã, mas logo saiu dali com latidos alegres, como se quisesse dar a entender que o espetáculo havia terminado. Todos os espectadores riram muito – e Sánin mais que todos.

Gemma possuía um riso encantador, ininterrupto, baixo, com agudos curtos e engraçados... Sánin achava tanta graça nesse riso, que com grande prazer a cobriria de beijos naquele momento!

Afinal, caiu a noite. Já era tempo de se retirar. Após se despedir várias vezes de todos, e dizer a todos várias vezes: até amanhã! (chegou a trocar beijos com Emilio), Sánin foi para casa levando consigo a imagem da moça: ora rindo, ora pensativa, ora calma, ora mesmo indiferente, mas sempre encantadora! Aqueles seus olhos, ora bem abertos, iluminados e alegres como o dia, ora meio encobertos pelas pestanas, profundos e escuros como a noite, assim permaneceram em sua memória, ofuscando estranha e docemente todas as demais imagens e pensamentos.

---

11 "Fora, traidor!"

A respeito do senhor Klüber, e dos motivos que o levaram a ficar em Frankfurt – em suma, de tudo aquilo que o incomodara na véspera – não pensou nem por uma vez.

XIV

É necessário, no entanto, dizer algumas palavras sobre Sánin.

Em primeiro lugar, ele era muito bem apessoado. Possuía boa estatura e compleição, traços agradáveis e um tanto indefinidos, olhos azuis meigos, cabelos dourados, pele alva rosada – e o principal: uma expressão simplória e alegre, confiante e sincera, à primeira vista algo tola, pela qual antigamente se reconhecia logo os filhos das famílias nobres, os "filhinhos da mamãe", autênticos fidalgos, nascidos e bem nutridos nas vastas terras das estepes médias; de andar vacilante, voz sussurrante, sorriso infantil, bastava olhar para ele... Em suma, frescor, saúde e suavidade, suavidade, suavidade – eis aqui todo o Sánin. Em segundo lugar, tolo ele não era, sabia onde metia o nariz. Conservava o frescor, apesar da viagem ao estrangeiro: as inquietações que normalmente assaltam a melhor parte da juventude lhe eram pouco conhecidas.

Nos últimos tempos, a nossa literatura, após a busca vã por "novos homens", passou a apresentar jovens que parecem decididos a revelar tal frescor a qualquer preço... um frescor como o das ostras de Flensburg, importadas por S. Petersburgo... Sánin não se parecia com eles. Já que se trata de comparações, diremos que ele se parecia mais com uma jovem e frondosa macieira, recém-enxertada nas terras negras dos nossos jardins – ou, melhor ainda, com um potro dengoso de três anos, bem cuidado e nutrido, macio, criado nos antigos haras senhoriais. Aqueles que conheceram Sánin posteriormente, quando o decurso da vida já o alquebrara e a textura jovem e elegante há muito já o abandonara, viram nele uma pessoa completamente diferente.

No dia seguinte, Sánin ainda estava deitado quando Emilio, em trajes de passeio, bengala à mão e cabelos empastados, irrompeu no quarto e anunciou que *Herr* Klüber e a carruagem chegariam logo, que o tempo prometia ser maravilhoso, que tudo já estava pronto, mas que a mãe não iria, porque lhe doía novamente a cabeça. Pôs-se a apressar Sánin, assegurando-lhe de que não havia um minuto a perder... E realmente, o senhor Klüber encontrou Sánin ainda em sua toalete. Bateu à porta, entrou, inclinou o corpo em saudação, disse estar disposto a esperar o quanto fosse preciso – e sentou-se, pondo elegantemente o chapéu sobre o joelho. O esbelto caixeiro endomingara-se e perfumara-se à larga: cada movimento seu exalava intenso e fino aroma. Chegou numa carruagem ampla e aberta, chamada Landau, puxada por dois cavalos grandes e fortes, embora um tanto feios. Um quarto de hora depois, a carruagem com Sánin, Klüber e Emilio já se aproximava da confeitaria. A senhora Roselli recusou-se decididamente a participar do passeio; Gemma quis ficar com a mãe, mas esta, por assim dizer, a expulsou.

– Não preciso de ninguém – afirmava. – Vou dormir. Eu mandaria Pantaleone com vocês, mas alguém precisa atender aos fregueses.

– Podemos levar Tartaglia? – perguntou Emilio.
– É claro que sim.

Tartaglia, muito alegre, pulou imediatamente à boleia, sentou-se e começou a se lamber: via-se que estava habituado a esses passeios. Gemma usava um grande chapéu de palha com fitas marrons; a pala dianteira do chapéu curvava-se para baixo, protegendo quase todo o rosto do sol. A marca da sombra detinha-se sobre os lábios de um vermelho virginal e delicado como pétalas de rosa, e os dentes brilhavam furtivamente, de forma inocente, como nas crianças. Gemma sentou-se atrás, ao lado de Sánin; Klüber e Emilio, na frente. A figura pálida de *Frau* Lenore surgiu à janela. Gemma acenou para ela com um lenço – e os cavalos puseram-se em marcha.

XV

Soden é uma pequena cidade a uma distância de meia hora de Frankfurt. Fica em uma bela região nos contrafortes do Taunus e é célebre entre nós na Rússia por suas águas, tidas como saudáveis para os que possuem doenças pulmonares. Os frankfurtianos vão para lá mais para divertirem-se, já que Soden possui um magnífico parque e diversos *wirtschaften*, onde se pode tomar cerveja e café à sombra de altas tílias e áceres. A estrada de Frankfurt a Soden se estende pela margem direita do Mein e é toda ladeada por árvores frutíferas. Enquanto a carruagem rolava mansamente pela excelente via, Sánin observava furtivamente a forma com que Gemma se dirigia ao noivo: era a primeira vez que os via juntos. Ela mantinha-se calma e simples – embora um tanto mais reservada e séria do que de hábito. Ele sustentava um olhar como o de um chefe condescendente que estivesse permitindo a si mesmo e aos seus subordinados alguma satisfação modesta e polida. Sánin não percebia nele nenhum cuidado especial para com Gemma, aquilo que os franceses chamam *empressement*.[12] Via-se que o senhor Klüber já considerava esse negócio como concluído e, portanto, não tinha motivos para maiores cuidados ou emo-

---

12 Cortesia.

ções. Mas a condescendência não o abandonava nem por um instante! Mesmo durante o grande passeio antes do almoço pelas montanhas cobertas de bosques e pelos vales de Soden; mesmo quando admirava as belezas da natureza, conservava sempre, diante de tudo, a mesma condescendência, através da qual manifestava, vez por outra, a severidade habitual do chefe. Assim, por exemplo, observou a respeito de um regato, que este corria por uma cavidade excessivamente reta, em vez de dar alguns volteios pitorescos; assim também não aprovou a conduta de um pássaro – um tentilhão – por não diversificar muito as suas evoluções! Gemma não se aborrecia, notava-se que sentia até mesmo prazer; mas Sánin já não reconhecia nela a mesma Gemma de antes: não que pairasse alguma sombra em seu semblante (a sua beleza nunca fora tão esplendorosa), mas a sua alma se recolhera. De sombrinha aberta e luvas abotoadas, passeava calma, sem pressa – como passeiam as moças finas – e falava pouco. Emilio também se sentia constrangido, e Sánin ainda mais. Entre outros, perturbava-o o fato de a conversa se dar constantemente em língua alemã. Já Tartaglia não desanimava! Com latidos loucos corria atrás dos melros que lhe surgiam à frente, saltava barrancos, cepos e vasilhames, atirava-se de impulso à água e a lambia com sofreguidão, sacudia-se, gania e novamente voava como uma flecha, deixando cair a língua vermelha que quase lhe alcançava as patas! O senhor Klüber, por sua vez, fazia tudo o que considerava necessário a uma companhia alegre; pediu a Gemma que se sentasse à sombra de um frondoso carvalho e, tirando do bolso lateral um pequeno livrinho intitulado *Knallerbsen – oder du sollst und wirst lachen!* (Petardos – ou: deves e irás rir!), pôs-se a ler as "anedotas escolhidas" que enchiam suas páginas. Leu cerca de doze delas; no entanto, acharam pouca graça: só Sánin, por amabilidade, mostrava os dentes, ao passo que ele próprio, senhor Klüber, após cada anedota, emitia um riso curto, padronizado e, sobretudo, condescendente. Às doze horas o grupo voltou a Soden e se dirigiu à melhor hospedaria que havia por ali.

Era hora de providenciarem o almoço.

O senhor Klüber propôs que almoçassem num caramanchão que possuía as laterais fechadas – *im Gartensalon* – mas Gemma de imediato protestou e declarou que só almoçaria ao ar livre, no jardim, em uma das mesinhas colocadas diante da estalagem; que estava enjoada de ver sempre as mesmas fisionomias e que desejava ver outras. Algumas das mesinhas já estavam ocupadas por grupos recém-chegados.

Enquanto o senhor Klüber - após submeter-se, condescendente, ao "capricho de sua noiva" – entendia-se com o chefe da cozinha, Gemma permanecia imóvel, de olhos baixos e dentes trincados; sentia o olhar insistente e interrogativo de Sánin – o que parecia aborrecê-la. Por fim, o senhor Klüber voltou e declarou que o almoço estaria pronto em meia hora e propôs que até lá jogassem boliche, acrescentando que isso era ótimo para abrir o apetite, eh-eh-eh! Jogava com maestria; ao atirar a bola assumia poses incrivelmente atléticas, trabalhando os músculos afetadamente, movendo e sacudindo a perna com janotice. Era um atleta no seu gênero – e de físico excelente! Suas mãos tão alvas e belas, ele as enxugava em um rico fular indiano multicor com dourado!

Chegou o momento do almoço, e todos se sentaram à mesinha.

XVI

Quem não sabe o que é um almoço alemão? Sopa aguada com bolotas de farinha e canela, carne de boi cozida, seca como rolha e com uma gordura branca esparramada, batatas viscosas, beterrabas roliças e rábano amassado, enguia azulada com alcaparras e vinagre, um assado com geleia e a inevitável *mehlspeise*, semelhante a um pudim com salsa vermelha e acre; vinho e cerveja em abundância! Foi exatamente com essa espécie de almoço que o estalajadeiro de Soden regalou os seus clientes. Aliás, a refeição propriamente decorreu bem. Verdade é que não se notava nenhuma animação em particular; nem mesmo quando o senhor Klüber fez um brinde "àquilo que amamos!" (*was wir lieben!*). Tudo se passou com distinção e decoro. Após o almoço, foi servido café ralo avermelhado, o autêntico café alemão. O senhor Klüber, como um verdadeiro cavalheiro, pediu permissão a Gemma para acender um charuto... Mas, de repente, aconteceu algo imprevisto e bastante desagradável – até mesmo indecoroso!

Em uma das mesas vizinhas estavam alguns oficiais da guarnição do Mein. Pelos seus olhares e cochichos, podia-se facilmente adivinhar que a beleza de Gemma os impressionava; um deles, que provavelmente já estivera em Frankfurt, vez por outra olhava para ela dando a impressão de conhecê-la bem. Ergueu-se de súbito e, com o copo na mão – os senhores oficiais bebiam muito e toda a mesa diante deles estava coberta de garrafas – aproximou-se da mesa de Gemma. Era um sujeito bem jovem, louro desbotado, com traços fisionômicos agradáveis e mesmo simpáticos, mas desfigurados pelo vinho que "entornara": sua face contraía-se, os olhos inchados vagueavam e expressavam insolência. Os companheiros tentaram inicialmente contê-lo, mas depois desistiram e ficaram na expectativa: o que iria acontecer?

Cambaleando ligeiramente sobre as pernas, o oficial deteve-se diante de Gemma e, em tom forçadamente alto, que traía uma luta consigo próprio, disse:

– Bebo à saúde da mais bela confeiteira de toda Frankfurt, de todo o mundo – virou o copo de uma só vez –, e como recompensa fico com essa flor, colhida por seus divinos dedinhos!

Tomou uma rosa que se achava sobre a mesa diante de Gemma. De início, ela se surpreendeu, assustou-se e empalideceu terrivelmente... Depois o susto foi substituído pela indignação e ela enrubesceu de imediato até a raiz dos cabelos; os seus olhos então se fixaram sobre o atrevido: escureciam e inflamavam-se ao mesmo tempo, nublavam-se e ardiam como fogo, de uma cólera incontrolável. É possível que esse olhar tenha desconcertado o oficial, que murmurou algo incompreensível, inclinou-se e voltou para junto de seus camaradas. Estes o acolheram com risadas e leves aplausos.

O senhor Klüber, no mesmo instante, levantou-se da cadeira, com o corpo teso pôs o chapéu e pronunciou com dignidade, mas não muito alto: "É incrível! Uma insolência incrível!" (*Unerhört! Unerhörte Frechheit*) – e imediatamente, com rispidez, chamou o empregado e lhe exigiu a conta com urgência... e mais: ordenou que atrelassem a carruagem, acrescentando que pessoas decentes não deveriam frequentar aquele lugar, porque se expunham a ofensas! A essas palavras, Gemma, que continuava sentada, imóvel, o peito arfando alto e rapidamente, volveu o olhar para o senhor Klüber... com a mesma fixidez e do mesmo modo com que mirou o oficial. Emilio simplesmente tremia de raiva.

— Levante-se, senhorita — murmurou o senhor Klüber sempre com a mesma severidade —, este ambiente não lhe serve. Vamos para dentro da hospedaria!

Gemma ergueu-se em silêncio, ele lhe ofereceu o braço em arco, ela lhe estendeu o seu — e o moço dirigiu-se para dentro com um andar majestoso que, assim como sua pose, se tornava cada vez mais imponente à medida que se afastavam do lugar em que acontecera o almoço. O pobre Emilio arrastava-se atrás deles.

Mas enquanto o senhor Klüber acertava as contas com o empregado, a quem não deu nenhum centavo de gorjeta a título de penalidade, Sánin, a passos rápidos, aproximava-se da mesa dos oficiais e, dirigindo-se ao ofensor de Gemma (que nesse instante passava aos companheiros a rosa para que a cheirassem), disse-lhe diretamente em francês:

— Isso que o senhor fez agora, prezado cavalheiro, é indigno de um homem honrado, indigno da farda que o senhor veste. Estou aqui para lhe dizer que o senhor é insolente e mal-educado!

O jovem oficial levantou-se de um pulo, mas um oficial mais velho o deteve com um gesto, obrigou-o a sentar e, voltando-se para Sánin, perguntou-lhe também em francês:

– O senhor é parente, irmão ou noivo da moça?

– Sou de fora – exclamou Sánin –, sou russo, mas não posso assistir com indiferença a tamanha insolência; aliás, aqui está o meu cartão e endereço: o senhor oficial pode mandar procurar-me.

Após essas palavras, Sánin jogou sobre a mesa o seu cartão de visita e, ao mesmo tempo, agilmente arrebatou a rosa de Gemma que um dos oficiais havia posto sobre o prato. O jovem oficial quis novamente pular da cadeira, mas seu colega outra vez o deteve, dizendo: "Dönhof, fique quieto!" (*Dönhof, sei still*) – depois, levantou-se ele mesmo e, fazendo uma continência, disse a Sánin, não sem algum traço de respeito na voz e nos gestos, que na manhã seguinte um oficial de seu regimento teria a honra de procurá-lo em casa. Sánin respondeu com uma ligeira mesura – e rapidamente voltou para a companhia dos amigos.

O senhor Klüber fingiu não ter notado nada: nem a ausência de Sánin, nem a satisfação que ele pedira aos oficiais; pôs-se a apressar o cocheiro que atrelava os cavalos e encolerizou-se com a sua lentidão. Gemma também nada disse a Sánin e nem mesmo o olhou: pelas sobrancelhas carregadas, pelos lábios pálidos e contraídos, pela sua própria imobilidade era possível perceber que não estava bem. Apenas Emilio claramente desejava falar com Sánin, desejava indagar-lhe – ele vira Sánin se aproximar dos oficiais, vira quando lhes entregara qualquer coisa branca: um pedaço de papel, uma anotação, um cartão... O coração do rapaz disparava, as faces ardiam, estava a ponto de lançar-se nos braços de Sánin, a ponto de chorar, ou, junto com este, de reduzir a pó e cinzas todos esses oficiais asquerosos! No entanto, conteve-se e contentou-se em

seguir atentamente todos os movimentos do seu nobre amigo russo.

O cocheiro terminou, por fim, de atrelar os cavalos e todos sentaram-se à carruagem. Emilio subiu para a boleia atrás de Tartaglia; ali se sentia mais à vontade e, além disso, Klüber, a quem não podia ver com indiferença, não lhe tapava a frente.

Por todo o caminho *Herr* Klüber falou sem parar... e falou sozinho; ninguém, ninguém lhe fez objeções, e também ninguém concordou com ele. Insistia particularmente no fato de em vão não lhe terem dado ouvidos, quando propôs o almoço no caramanchão fechado. Não teria se passado nenhuma contrariedade! Em seguida emitiu alguns julgamentos ríspidos e mesmo liberais a respeito de o governo imperdoavelmente mostrar-se indulgente para com os oficiais, não lhes exigir disciplina e não respeitar o elemento civil da sociedade (*das bürgerliche Element in der Societät!*), e como daí nasce com o tempo a insatisfação, e dela se aproxima a revolução, que tem como triste exemplo (aqui suspirou pesaroso, mas sério) – triste exemplo nos dá a França! Porém, aqui acrescentava que pessoalmente respeita a autoridade e que "nunca... nunca!" seria revolucionário, mas não podia deixar de manifestar sua... desaprovação em vista de tal desleixo! Acrescentou ainda algumas considerações gerais a respeito da moralidade e imoralidade, do decoro e sentimento de dignidade!

Durante toda essa falação, Gemma, que já durante o passeio antes do almoço não parecera muito satisfeita com o senhor Klüber – motivo pelo qual guardara certa distância de Sánin, cuja presença a perturbava – claramente começou a se envergonhar do noivo! Ao fim do passeio seu sofrimento já era evidente e, apesar de ainda não dirigir palavra a Sánin, súbito lançou-lhe um olhar suplicante... Por sua vez, ele sentia mais pena dela do que indignação contra o senhor Klüber; em seu íntimo, alegrava-se, ainda que meio inconscientemente, com tudo o que acontecera ao longo do dia, embora esperasse um desafio para a manhã seguinte.

Essa penosa *partie de plaisir*[13] cessou afinal. Ao descer Gemma da carruagem defronte à confeitaria, Sánin, sem dizer palavra, colocou-lhe na mão a rosa que arrebatara. Ela ruborizou-se, apertou-lhe a mão e imediatamente escondeu a flor. Ele não quis entrar na casa, apesar de a noite estar só começando. Ela mesma não o convidou. Nesse instante surgiu no patamar Pantaleone e anunciou que *Frau* Lenore repousava. Emilio despediu-se de Sánin com timidez, como que o evitando; tal atitude deixou Sánin perplexo. Klüber levou Sánin ao hotel e, de forma afetada, despediu-se. De fato, apesar de todo aprumo e presunção, o alemão sentia-se bem pouco à vontade. Aliás, todos estavam no mesmo estado de espírito.

---

13 Reunião alegre

A rosa

XVII

"Vou esperar o senhor oficial para explicações até às dez horas" – pensava Sánin na manhã seguinte, enquanto fazia sua toalete – "depois, ele que me procure!". Mas os alemães levantam cedo: ainda não havia dado as nove horas e já o criado comunicou a Sánin que o senhor subtenente (*der Herr Seconde Lieutenant*) von Richter desejava vê-lo. Sánin vestiu rapidamente a sobrecasaca e ordenou que o fizesse entrar. Contrário às expectativas de Sánin, o senhor Richter era muito jovem, quase um menino. Procurava dar imponência à expressão do seu rosto imberbe, mas completamente sem sucesso: não conseguia nem mesmo esconder sua perturbação – e, sentando-se à cadeira, por pouco não caiu, mas apoiou-se no sabre. Gaguejando e enrolando as palavras, declarou a Sánin em mau francês que viera por ordem de seu amigo, o barão von Dönhof; que a ordem consistia em exigir do senhor "von Zanin" desculpas pelas expressões ofensivas empregadas por ele na véspera; que, em caso de recusa por parte do senhor von Zanin, o barão von Dönhof desejaria uma satisfação. Sánin respondeu que não pretendia desculpar-se e que estava pronto a dar a satisfação exigida. Então o senhor von Richter, sempre gaguejando, indagou com quem, a que horas e em que lugar deveria ele combinar o encontro. Sánin respondeu que poderia voltar dentro de duas horas e que até lá procuraria encontrar um padrinho ("Quem, com os diabos, eu posso pegar para padrinho?", pensava consigo mesmo). O senhor von Richter se levantou e se despediu... mas deteve-se no limiar da porta como se sentisse remorsos – e, voltando-se para Sánin, murmurou que seu amigo, o barão von Dönhof, não negava que possuía ele mesmo... certo grau... de culpa nos acontecimentos do dia anterior – e, portanto, se sentiria satisfeito com desculpas leves – "*des exghizes léchères*".[14] A isto Sánin respondeu que não pretendia apresentar nenhuma desculpa, nem pesada, nem leve, posto que não se considerava culpado.

– Neste caso – retrucou o senhor von Richter e enrubesceu ainda mais –, será necessário trocar tiros amigáveis – "*des goups de bisdolet à l'amiaple!*"[15]

– Agora já não estou entendendo – disse Sánin –, vamos atirar para o ar?

– Oh, não é isso, não assim – balbuciou o subtenente todo confuso –, mas eu supunha que como o negócio se passa entre pessoas de bem... Falarei com seu padrinho – interrompeu-se a si mesmo e retirou-se.

Sánin deixou-se cair sobre a cadeira assim que o oficial saiu e fixou os olhos no chão. "Que raios é isso? Como, de repente, a vida vira de ponta-cabeça? Todo o passado, todo o futuro esbate-se, desaparece – e só resta o fato de que eu estou em Frankfurt e vou me bater contra alguém, por um motivo qualquer." Lembrou-se de uma tia doida que não se cansava de dançar e cantar:

---

14 Pronúncia em mau francês de: *des excuses légères*.
15 Pronúncia em mau francês de: *des coups de pistolet à l'aimable*.

Tenentezinho!
Meu pepininho!
Meu amorzinho!
Baile comigo, pombinho!

Caiu na gargalhada e pôs-se a cantarolar como ela: "Tenentezinho! Baile comigo, pombinho!"

– Bem, é preciso agir sem perda de tempo – exclamou alto; ergueu-se de um pulo e viu diante de si Pantaleone com um bilhete na mão.

– Bati várias vezes, mas o senhor não respondeu... pensei que não estivesse em casa – murmurou o velho e lhe entregou o bilhete – É da *signorina* Gemma.

Sánin pegou o papel – como se diz, maquinalmente – abriu-o e leu. Gemma escrevera-lhe que estava muito preocupada com o que ocorrera e que desejava vê-lo imediatamente.

– A *signorina* está nervosa – começou Pantaleone, que evidentemente conhecia o conteúdo do bilhete – ela me mandou ver o que o senhor está fazendo e levá-lo à sua presença.

Sánin olhou para o velho italiano e pôs-se a pensar. Súbito veio-lhe uma ideia. No primeiro minuto lhe pareceu estranha, até mesmo impossível...

"Mas por que não?" – perguntou a si mesmo.

– Senhor Pantaleone! – pronunciou alto.

O velho estremeceu, encostou o queixo na gravata e fixou os olhos em Sánin.

– O senhor sabe o que ocorreu ontem? – continuou Sánin.

Pantaleone mordeu os lábios e sacudiu a enorme cabeleira.

– Sei.

(Emilio assim que chegara lhe contara tudo.)

— Ah, sabe! Bem, então ouça: acabou de sair daqui um oficial. Aquele insolente me desafia a um duelo. Aceitei o desafio. Mas não tenho padrinho. Poderia o senhor ser meu padrinho?

Pantaleone estremeceu e levantou tão alto as sobrancelhas, que estas se esconderam sob os cabelos que lhe caíam à testa.

— E o senhor deve necessariamente lutar? — perguntou afinal em italiano; até aquele momento explicava-se em francês.

— Necessariamente. De outra forma me envergonharia para sempre.

— Hum... Se eu não concordar em ser seu padrinho, o senhor procurará outro?

— Procurarei... seguramente.

Pantaleone baixou os olhos.

— Permita-me perguntar-lhe, *signore de Tsanini*: este seu duelo não pode vir a lançar certa sombra de desonestidade sobre a reputação de uma pessoa?

— Não creio; mas seja como for, não há outro jeito.

— Hum... — Pantaleone desaparecera inteiramente por dentro da gravata. — Bem, e aquele *ferroflucto Kluberio*,[16] não serve? — exclamou de repente e esticou a cabeça para cima.

— Ele? De jeito nenhum.

— Quê! (*Che!*) — Pantaleone ergueu os ombros com desprezo. — Eu devo, em todo caso, agradecê-lo — pronunciou afinal com voz indecisa — por haver reconhecido em mim, apesar da situação humilhante em que me encontro, um homem decente... *um galant'uomo*! Assim procedendo, o senhor mes-

---

16 Maldito Klüber.

mo se revela um autêntico *galant'uomo*. No entanto, devo refletir sobre o seu pedido.

– Não há tempo, caro senhor tchi...tchippa...

– ...tóla... Zippatola – informou o velho. – Só peço uma hora para pensar. A filha de meus benfeitores está envolvida... e por isso eu devo, tenho obrigação de pensar!! Dentro de uma hora... dentro de três quartos de hora – o senhor saberá a minha decisão.

– Está bem, vou esperar.

– E agora... que resposta darei à *signorina* Gemma?

Sánin pegou uma folha de papel e escreveu: "Fique tranquila, minha querida amiga, dentro de três horas irei vê-la e tudo se esclarecerá. Agradeço-lhe de coração a bondade." – e entregou o papel a Pantaleone.

Este colocou-o no bolso lateral e repetiu ainda uma vez: "Dentro de uma hora!" – voltou-se para a porta; mas bruscamente deu meia-volta, aproximou-se de Sánin, pegou-lhe a mão e, apertando-a junto ao colarinho de sua camisa, levantou os olhos para o céu e exclamou:

– Nobre rapaz! Grande coração! (*Nobil giavanoto! Gran cuore!*) Permita a um débil ancião (*a un vecchiotto*) apertar a sua valorosa destra! (*la vostra valorosa destra!*) – em seguida deu um pulinho para trás, agitou ambos os braços e retirou-se.

Sánin acompanhou-o com os olhos... apanhou o jornal e pôs-se a ler. Mas em vão seus olhos percorriam as linhas: não compreendia nada.

XVIII

Uma hora depois, o criado entrou novamente e entregou a Sánin um cartão de visita velho e sujo, no qual se lia as seguintes palavras: Pantaleone Zippatola, de Viareggio, cantor da corte (*cantante di camera*) de sua Alteza Real o Duque de Modena – e em seguida surgiu o próprio Pantaleone. Havia se trocado dos pés à cabeça. Vestia um fraque escuro desbotado e colete branco de fustão, pelo qual serpenteava engenhosamente uma corrente de metal inferior; um sinete pesado de cornalina pendia baixo sobre a calça escura, estreita, com presilhas. Tinha na mão direita um chapéu preto revestido de penugem de lebre, na esquerda duas luvas grossas de camurça; trazia a gravata amarrada em um nó mais largo e alto do que de costume, e no colarinho engomado pregara um alfinete com uma pedra chamada "olho de gato" (*oeil de chat*). No dedo indicador da mão direita ostentava um anel sob a forma de duas mãos cruzadas e, entre elas, um coração flamejante. Desprendia-se de toda a figura do ancião um aroma de perfume velho, de cânfora e almíscar, e a solenidade de sua pose impressionaria até mesmo o mais indiferente observador! Sánin ergueu-se e foi ao seu encontro.

— Sou seu padrinho — murmurou Pantaleone em francês, e inclinou todo o corpo para frente, separando as pontas dos pés como fazem os bailarinos. — Vim receber as instruções. Deseja uma luta sem clemência?

— Por que sem clemência, meu caro senhor Zippatola? Por nada no mundo retirarei minhas palavras de ontem, mas não sou sanguinário!... Vamos aguardar; o padrinho do meu adversário chegará logo e então eu me retirarei para o aposento ao lado enquanto vocês acertam as condições. Acredite, eu nunca me esquecerei do serviço que me presta e lhe agradeço de coração.

— A honra acima de tudo! — respondeu Pantaleone, e deixou-se cair na poltrona sem esperar que Sánin o convidasse a sentar. — Se esse *ferroflucto spitchebubio*[17] — disse ele misturando ao francês o italiano —, se esse mercador *Kluberio*[18] não é capaz de compreender as suas obrigações ou se acovarda, tanto pior para ele!... Alma mesquinha e basta!... No que diz respeito às condições do duelo, sou seu padrinho e seus interesses para mim são sagrados! Quando vivi em Pádua, havia ali um regimento de dragões brancos e eu fiquei amigo íntimo de muitos oficiais!... Fiquei conhecendo bem seu código. E conversava frequentemente com o vosso prince Tarbuski sobre essas questões. O outro padrinho vai demorar?

— Eu o espero para qualquer momento... lá vem ele — disse Sánin, que observava a rua.

Pantaleone levantou-se, olhou o relógio, endireitou o topete e rapidamente introduziu no sapato o cadarço que se projetava por baixo da calça. O jovem subtenente entrou como

---

17 *Verfluchter spitzbube* (maldito velhaco).
18 Klüber.

antes, vermelho e perturbado. Sánin apresentou os padrinhos um ao outro.

– *Monsieur Richter, souslieutenant! Monsieur Zippatola, artiste!*[19]

O subtenente ficou ligeiramente espantado diante da figura do velho... Oh! o que não diria se alguém lhe cochichasse nesse instante que o artista que lhe era apresentado ocupava-se também com a arte culinária!... Mas Pantaleone assumiu um aspecto tal como se participar da organização de duelos fosse para ele um negócio corriqueiro: é verdade que nesse caso veio em seu auxílio a lembrança da carreira teatral, e fazer o papel de padrinho era justamente, para ele, uma encenação. Os padrinhos silenciaram por um tempo.

– E então? Vamos às condições! – Pantaleone foi o primeiro a dizer, agitando a luva de cor alaranjado-escura.

– Às condições – respondeu o subtenente. – Mas... na presença de um dos adversários...

–Vou deixá-los agora, senhores – exclamou Sánin; inclinou-se, dirigiu-se para o quarto e fechou a porta atrás de si.

– Atirou-se na cama e pôs-se a pensar em Gemma... mas a conversa entre os padrinhos lhe chegava através da porta fechada. Conversavam em francês, e ambos estropiavam o idioma, cada qual à sua maneira. Pantaleone novamente mencionou os dragões de Pádua e o prince Tarbuski; o subtenente, as *exghizes léchères* (desculpas leves, em mau francês) e os *goups à l'amiaple* (tiros amigáveis, em mau francês). Mas o velho não queria nem ouvir falar sobre *exghizes* (desculpas). Sánin ficou horrorizado quando, de repente, o velho pôs-se a falar de uma

---

19 No original em francês (Senhor Richter, subtenente! Senhor Zippatola, artista!).

moça jovem e inocente, da qual só um mindinho valia mais que todos os oficiais do mundo (*oune zeune damigella innoucenta, qu'a ella sola dans soun péti doa vale piu que tout le zouffissié del mondo!*)[20] e várias vezes repetiu enfaticamente: "É uma vergonha! É uma vergonha!" (*É ouna onta, ouna onta!*).[21] O oficial a princípio não objetou, mas em seguida ouviu-se sua voz tremer de raiva. Observou que não estava ali para ouvir lições de moral...

– Em sua idade é sempre útil ouvir palavras sensatas! – exclamou Pantaleone.

A discussão entre os padrinhos por vezes tornou-se tempestuosa; prolongou-se por mais de uma hora e concluiu-se por fim com as seguintes condições: "o barão von Dönhof e o senhor Sánin devem duelar no dia seguinte às dez horas da manhã, no pequeno bosque perto de Hanall, à distância de vinte passos. Cada um tem o direito de atirar duas vezes ao sinal dado pelos padrinhos, com pistolas sem acelerador e sem varas". O senhor von Richter retirou-se e Pantaleone abriu solenemente a porta do quarto. Após comunicar o resultado da conferência, exclamou: "Bravo, Russo! Bravo, *giovanotto!*[22] Você será o vencedor!".

Alguns minutos mais tarde dirigiam-se ambos à confeitaria Roselli. Sánin havia obtido previamente de Pantaleone a palavra de manter o duelo no mais absoluto segredo. Em resposta, o velho se limitara a levantar o dedo e, apertando os olhos, pronunciara: "*segredezza!*" (segredo). Havia nitidamente rejuvenescido e comportava-se mesmo com desenvoltura.

---

20 Estropiando o francês com sotaque italiano e mistura de palavras italianas.
21 Do francês: *c'est une honte, une honte!*
22 Bravo, jovem!

Todos esses acontecimentos inesperados, embora desagradáveis, transportaram-no vivamente à época em que ele próprio aceitava e fazia desafios – é verdade que no palco. Os barítonos, como se sabe, pavoneiam-se muito em seus papéis.

XIX

Emilio correu em direção a Sánin – fazia mais de uma hora que espreitava a sua chegada – e apressadamente cochichou-lhe ao ouvido que a mãe não sabia de nada do que havia se passado na véspera; que não se devia nem mesmo insinuar o assunto; e que novamente o mandavam para a loja! Mas que para lá ele não vai; vai, sim, se esconder em algum canto! Após comunicar tudo isso em alguns segundos, encostou-se de súbito ao ombro de Sánin, beijou-o num ímpeto e atirou-se rua abaixo. Na confeitaria, Gemma foi ao encontro de Sánin; queria dizer algo – mas não conseguia. Seus lábios tremiam levemente e seus olhos contraíam-se e vagavam pelos lados. Ele apressou-se em tranquilizá-la, assegurando que estava tudo terminado... que era coisa sem importância.

– Ninguém o procurou hoje? – indagou ela.

– Procurou-me uma pessoa... nós nos explicamos e nós... nós chegamos a um acordo bem satisfatório.

Gemma voltou ao balcão.

"Não me acreditou!" – pensou ele, e se dirigiu ao cômodo contíguo, onde surpreendeu *Frau* Lenore.

Havia passado a enxaqueca, mas estava melancólica. Recebeu-o com um sorriso alegre, mas ao mesmo tempo preveniu-o de que ficaria entediado com ela naquele dia, pois não estava em condições de lhe dar atenção. Ele sentou-se próximo dela e notou que suas pálpebras estavam vermelhas e inchadas.

— O que há com a senhora, *Frau* Lenore? Andou chorando?
— Psiu... — balbuciou ela e indicou com a cabeça o aposento onde estava a filha. — Não diga isso... alto.
— Mas por que a senhora chora?
— Ah, *monsieur* Sánin, nem eu mesma sei por quê!
— Alguém a ofendeu?
— Oh, não!... De repente senti uma enorme tristeza. Lembrei-me de Giovanni Battista... da minha juventude... como tudo passou tão rápido! Estou ficando velha, meu amigo, e não posso conformar-me com isso. Tenho a impressão de ser a mesma de antes... mas a velhice... veja como chega... veja! — brotaram lágrimas nos olhos de *Frau* Lenore. — Você me observa com surpresa, estou vendo... mas você também vai envelhecer, meu amigo, e verá como é amargo!

Sánin pôs-se a consolá-la, lembrou-lhe os filhos, que através deles ressuscitava sua própria juventude, tentou até mesmo caçoar, afirmando que ela queria elogios... mas ela pediu-lhe seriamente que parasse. E pela primeira vez ele pôde se convencer de que semelhante desânimo, desânimo por consciência da velhice, de modo algum se consola ou se distrai; é necessário esperar que passe por si mesmo. Ele lhe propôs uma partida de *trecette*, não conseguiu pensar em nada melhor. Ela imediatamente concordou e pareceu mesmo alegrar-se.

Sánin jogou com ela antes e depois do almoço. Pantaleone também participou do jogo. Nunca seu topete descera tão baixo na testa, nunca o queixo mergulhara tão fundo na gravata! Cada movimento seu exalava uma importância tão compenetrada que, olhando para ele, involuntariamente se pensava: que segredo é esse que o homem guarda em tanta segurança? Mas *segredezza! segredezza!*

Durante todo aquele dia Pantaleone procurou por todos os meios demonstrar respeito a Sánin; à mesa, passava solene e decidido pelas damas para servi-lo primeiro; no jogo, cedia-lhe a compra de cartas e não ousava multá-lo; declarou, sem mais nem menos, que os russos são o povo mais magnânimo, valente e decidido do mundo!

"Ah, você, velho artista!" – pensava Sánin consigo mesmo.

Não apenas o inesperado estado de espírito da senhora Roselli o impressionou, mas também a maneira com que Gemma o tratava. Ela não exatamente o evitava... ao contrário, sentava-se sempre a curta distância dele, escutava atentamente suas palavras, olhava-o; mas decididamente não queria conversar com ele: bastava que lhe dirigisse a palavra e a moça se levantava silenciosa e calmamente se afastava por alguns instantes. Depois surgia novamente e de novo sentava-se em um canto qualquer, imóvel, pensativa e atônita... atônita acima de tudo. Mesmo *Frau* Lenore notou, afinal, a estranheza do seu comportamento e perguntou-lhe umas duas vezes o que havia.

– Nada – respondeu Gemma. – Você sabe, às vezes eu fico assim.

– É isso mesmo – concordou a mãe.

Assim passou-se todo aquele longo dia, nem animado, nem monótono, nem alegre, nem enfadonho. Se Gemma se comportasse de outro modo, Sánin... como saber? Talvez não dominasse a tentação de fazer bonito ou simplesmente caísse em tristeza diante da provável separação, eterna, talvez. Mas como não aconteceu nem por uma vez conversar com Gemma, teve de se contentar em tirar alguns acordes menores do piano durante o quarto de hora até o café da tarde.

Emilio voltou tarde e, para evitar perguntas sobre o senhor Klüber, retirou-se logo. Chegou a vez de Sánin se retirar.

Começando a despedir-se de Gemma, lembrou-se, sem saber por que, da separação entre Liênski e Olga em *Oniéguin*.[23] Apertou-lhe com força a mão e tentou encará-la, mas a moça voltou-se ligeiramente e retirou os dedos.

---

23 Refere-se ao romance em versos *Evguêni Oniéguin* de Púchkin.

XX

O céu estava inteiramente estrelado quando Sánin saiu ao patamar. Quantas estrelas se derramavam – grandes, pequenas, amarelas, vermelhas, azuis, brancas! Era tal o enxame, reluziam tanto – irradiavam todas, a um só tempo! Não havia lua no céu, mas ainda assim podiam-se perceber todos os objetos nitidamente na leve penumbra do crepúsculo. Sánin seguiu até o final da rua... Não desejava voltar logo para casa; sentia necessidade de vagar ao ar livre. Retornou – e não havia ainda ultrapassado a casa em que se achava a confeitaria Roselli, quando uma das suas janelas que davam para a rua abriu-se de súbito, ruidosamente – e, em meio à escuridão do quadrilátero (no cômodo não havia luz), surgiu uma figura de mulher. Ouviu que o chamavam.

– *Monsieur* Dimitri!

Ele imediatamente lançou-se à janela... Gemma!

Ela apoiara os cotovelos sobre o peitoril e se inclinava para frente.

– *Monsieur* Dimitri – começou ela, como que pesando as palavras. – Durante todo o dia de hoje quis lhe dar uma coisa... mas não consegui; agora, vendo-o de novo inesperadamente, pensei que, certamente, deve ser assim...

Gemma involuntariamente se deteve nessa palavra. Não pôde continuar: algo extraordinário acontecia nesse mesmo instante.

Repentinamente, em meio ao silêncio profundo e apesar do céu inteiramente sem nuvens, começou a soprar um vento tão forte, que a própria terra pareceu estremecer sob os pés, a sutil luz das estrelas começou a tremular e se tornou difusa, o próprio ar pôs-se a girar em remoinhos. O turbilhão, não frio e sim tépido, quase abrasador, rodopiava pelas árvores, pelos telhados das casas, pelas suas paredes, pela rua; num relance arrancou o chapéu da cabeça de Sánin, levantou e desfez os cachos escuros de Gemma. A cabeça de Sánin alcançou o peitoril da janela; o rapaz involuntariamente encostou-se a ele – e Gemma agarrou-se nos seus ombros com ambas as mãos, colando o peito à sua cabeça. O barulho, o retinido, o estrondo durou cerca de um minuto... Qual bando de enormes pássaros, logo correu para longe o agitado turbilhão... e estabeleceu-se novamente um silêncio profundo.

Sánin soergueu-se e viu sobre si um rosto tão belo, assustado e excitado, olhos tão grandes, apavorados e magníficos – viu tal beleza, que seu coração gelou, encostou os lábios às delicadas melenas que lhe caíam sobre o peito – e apenas pôde pronunciar:

– Oh, Gemma!

– O que foi isso? Relâmpago? – perguntou ela, movendo os olhos afoitamente e sem retirar seus braços nus dos ombros do rapaz.

– Gemma! – repetiu Sánin.

Ela estremeceu, olhou para trás, para o quarto – e em um rápido movimento retirou do corpete a rosa já murcha e a lançou a Sánin.

– Queria te dar essa flor...

Ele reconheceu a rosa, que havia recuperado na véspera... Mas a janela já se fechava com estrépito e por trás do vidro escuro nada mais se via.

Sánin chegou a sua casa sem chapéu... E nem sequer percebeu que o havia perdido.

XXI

Adormeceu apenas de madrugada. E não sem razão! Sob o efeito daquele vendaval repentino de verão, sentiu quase tão repentinamente, não a beleza de Gemma, nem o fato de gostar dela – isso já sabia antes... sentiu que talvez... a amasse! Repentino como aquele vendaval, o amor avançava sobre ele. E agora esse duelo estúpido! Pressentimentos amargos começaram a torturá-lo. Bem, suponhamos que não o matassem... O que poderia resultar desse amor por uma moça noiva de outro? Suponhamos que esse "outro" não lhe fosse um obstáculo, que a própria Gemma viesse a amá-lo ou que já o amasse... O que poderia advir daí? E como? É tão linda...

Andou pelo quarto, sentou-se à mesa, apanhou uma folha de papel, garatujou algumas linhas – logo as riscou... Lembrou-se da figura impressionante de Gemma debruçada à janela escura, à luz das estrelas, toda despenteada pelo vendaval quente; lembrou-se de seus braços de mármore, semelhantes aos das deusas do Olimpo, sentiu o seu peso vivo sobre os ombros... Depois apanhou a rosa que lhe fora lançada – e teve a impressão de que suas pétalas meio murchas exalavam um aroma diferente, mais leve que o aroma habitual das rosas.

E se de repente o matassem ou mutilassem?

Não deitou na cama, adormeceu vestido sobre o sofá.

Alguém cutucava seu ombro...

Abriu os olhos e viu Pantaleone.

– Dorme como Alexandre da Macedônia às vésperas da batalha da Babilônia! – exclamou o velho

– Que horas são? – perguntou Sánin.

– Quinze para as sete; até Hanau são duas horas de viagem, e nós devemos chegar primeiro ao local. Os russos sempre se antecipam aos inimigos! Peguei o melhor coche de Frankfurt!

Sánin começou a lavar-se.

– E onde estão as pistolas?

– As pistolas serão levadas pelo *ferroflucto tedesco*,[24] e também o médico.

Pantaleone estava nitidamente animado, como na véspera; mas quando se sentou no coche ao lado de Sánin, quando o cocheiro estalou o chicote e os cavalos começaram a trotar, o velho cantor e amigo dos dragões de Pádua transformou-se totalmente. Sentiu-se perturbado e atemorizado. Parecia-lhe que algo desmoronava, como um muro mal escorado.

– O que é isso que estamos fazendo, Deus meu, *santissima Madonna*[25]! – exclamou o velho com uma voz inesperadamente fina e agarrou os cabelos. – O que estou fazendo, eu, um velho estúpido, louco, *frenético*?[26]

Sánin surpreendeu-se, pôs-se a rir e, abraçando ligeiramente Pantaleone pela cintura, lembrou-lhe um provérbio

---

24 Maldito alemão.
25 Em italiano no original.
26 Em italiano no original.

francês: "*Le vin est tiré – il faut le boire*"[27] (em russo: "Atado ao chicote, não digas que não és forte").

– Sim, sim – respondeu o velho –, essa taça, vamos bebê-la juntos até o fim; mas eu sou doido! Eu sou doido! Estava tudo tão calmo, tão bem... e, de repente: ta-tá-tá, trá-tá-tá!

– Como *tutti*[28] na orquestra – observou Sánin com um largo sorriso. – Mas o culpado não é você.

– Eu sei que não sou eu! Ainda assim! Tudo isso é... um procedimento temerário. *Diavolo! Diavolo!*[29] – repetiu Pantaleone sacudindo o topete e suspirando.

O coche, no entanto, seguia em disparada.

A manhã estava fascinante. As ruas de Frankfurt, que pouco a pouco se animavam, pareciam tão limpas e confortáveis! As janelas das casas brilhavam em tonalidades cambiantes como folhas de metal; e mal o coche ultrapassou o posto limítrofe da cidade – do alto, do céu azul ainda não de todo iluminado, vibraram sonoros trinos de cotovias. Súbito, em uma curva da estrada, surgiu, por detrás de um grande álamo, uma figura conhecida, deu alguns passos e parou. Sánin fixou os olhos... Deus meu! Emilio!

– Será que ele sabe de alguma coisa? – dirigiu-se a Pantaleone.

– Repito que sou um doido – gritou o pobre italiano com voz desesperada – esse malfadado menino não me deu sossego a noite toda, e hoje de manhã, por fim, lhe contei tudo!

"Isso é o que você chama *segredezza*!" – pensou Sánin.

---

27 Provérbio francês: "O vinho está aberto, é preciso bebê-lo", que corresponde ao provérbio em português: "Quem sai na chuva, tem que se molhar".
28 Em italiano no original.
29 "Diabos! Diabos!"

O coche emparelhou com Emilio; Sánin ordenou ao cocheiro parar os cavalos e chamou o "malfadado menino". Emilio se aproximou a passos vacilantes, pálido, pálido como no dia de seu desmaio. Mal se mantinha sobre as pernas.

— O que faz aqui? — perguntou com severidade Sánin — por que não está em casa?

— Permita... permita que vá com vocês — balbuciou Emilio com a voz trêmula, e cruzou os braços. Seus dentes batiam como se estivesse com febre. — Não vou incomodar, mas deixe-me ir!

— Se você sente um fio de afeição ou respeito por mim — pronunciou Sánin — voltará agora para casa ou para a loja do senhor Klüber, não dirá nem uma palavra a ninguém e esperará o meu retorno.

— Seu retorno... — gemeu Emilio, e sua voz soou metálica e entrecortada. — Mas, se...

— Emilio! — cortou Sánin e indicou o cocheiro com o olhar — Reconsidere! Emilio, por favor, volte para casa! Obedeça, meu amigo! Você afirma que gosta de mim. Então, eu te peço!

Sánin estendeu-lhe a mão. Emilio cambaleou para frente, soltou um soluço, apertou-a contra seus lábios e desandou a correr de volta a Frankfurt, pelo caminho que cruzava o campo.

— É também um coração nobre — murmurou Pantaleone, mas Sánin olhou sombriamente para ele... O velho recolheu-se a um canto do coche. Reconhecia a própria culpa; e, sobretudo, a cada instante tornava-se mais perplexo: acaso não havia ele de fato se tornado padrinho, e os cavalos, não fora ele quem conseguira, assim como todas as demais providências, e não deixara a sua tranquila morada às seis horas da manhã? Ademais, sentia seus pés enfermos começarem a doer.

Sánin considerou necessário animá-lo – e achou o jeito, encontrou as palavras certas.

– Onde está sua antiga coragem, respeitável *signore* Tchippatola? Onde está *il antico valor?*[30]

O *signore* Tchippatola retesou-se e carregou o cenho.

– *Il antico valor?* – proclamou com voz de baixo – *Non è ancora spento* (ainda não está gasto) *il antico valor!*

Assumiu ares, pôs-se a falar de sua carreira sobre a ópera, sobre o grande tenor Garcia – e chegou a Hanau rejuvenescido. Veja só: não há nada no mundo mais forte nem mais impotente que a palavra!

---

30 Em italiano no original.

XXII

O pequeno bosque em que deveria acontecer o duelo situava-se a um quarto de milha de Hanau. Sánin e Pantaleone foram os primeiros a chegar, como previsto. Mandaram o coche parar à entrada da mata e penetraram a sombra do arvoredo denso e abundante. Esperaram cerca de uma hora.

A espera não pareceu particularmente penosa a Sánin; perambulava de um lado a outro da vereda, prestava atenção ao canto dos pássaros, acompanhava o voo das libélulas e, como a maior parte dos russos em circunstâncias semelhantes, procurava não pensar. Apenas uma vez veio-lhe o pensamento: tropeçara numa tília jovem, arrancada provavelmente pelo vendaval da véspera. Ela de fato morria... todas as suas folhas feneciam. "O que é isso? Algum presságio?" – passou-lhe pela cabeça rapidamente; mas no mesmo instante começou a assobiar, saltou por cima da tília e pôs-se a caminhar pela vereda. Quanto a Pantaleone, resmungava, xingava os alemães, pigarreava e coçava ora as costas, ora os joelhos. Chegava a bocejar de nervoso, o que dava uma expressão divertida ao seu rosto pequeno e enrugado. Sánin, ao olhá-lo, por pouco não desatou em gargalhada. Ouviu-se, afinal, um rolar de rodas pela estrada macia. "São eles!" – exclamou Pantaleone, e pôs-se em guarda, retesou-se, não sem um tremor nervoso momentâneo que apressou em dissimular com a exclamação: brrrrr! – e com a observação de que aquela manhã estava bem fresca. Um orvalho abundante inundava a relva e as folhas, mas o calor já penetrava o bosque.

Dois oficiais logo surgiram sob as arcadas das árvores, acompanhados de um indivíduo baixo e atarracado, de fisionomia fleumática, quase sonolenta – o médico militar. Em uma das mãos, trazia um jarro de cerâmica com água para alguma necessidade; uma bolsa com instrumentos cirúrgicos e ataduras pendia de seu ombro esquerdo. Percebia-se que estava acostumado a semelhantes excursões, que eram uma de suas fontes de renda: cada duelo lhe rendia oito *tchervonietz*[31] – cobrava quatro de cada uma das partes. O senhor von Richter trazia a caixa com as pistolas, o senhor von Dönhof fazia girar na mão, talvez por elegância, um pequeno chicote.

– Pantaleone! – murmurou Sánin ao velho – se... se me matarem... tudo pode acontecer... tire do bolso do meu paletó um papel... nele está enrolada uma flor... entregue à *signorina* Gemma. Ouviu? Promete?

O velho olhou tristemente para ele e sacudiu a cabeça afirmativamente... Mas só Deus sabe se entendeu o que Sánin lhe pedira.

Os adversários e padrinhos trocaram cumprimentos como de praxe; apenas o médico não moveu nem as sobrancelhas, e sentou-se na relva a bocejar: "Não gosto dessas manifestações de cortesia cavalheiresca". O senhor von Richter propôs que o senhor "Tchibadola" escolhesse o local; o senhor "Tchibadola" respondeu enrolando grosseiramente a língua (sentia que

---

31   Cada tchervonietz correspondia a uma nota de dez rublos.

o "muro" desmoronava novamente): "Faça isso, caro senhor; eu ficarei observando...".

O senhor von Richter começou a agir. Encontrou ali mesmo no bosque uma excelente clareira, toda salpicada de flores; mediu os passos, marcou os dois pontos extremos com varas preparadas às pressas, tirou da caixa as pistolas e, pondo-se de cócoras, introduziu as balas; em suma, fez todo o trabalho, limpando continuamente o rosto suado com um lenço branco. Pantaleone, que o acompanhava, ao contrário, parecia transido de frio. Durante todos esses preparativos ambos os adversários mantiveram-se à distância, parecendo dois escolares de castigo, amuados com seus preceptores.

Chegou o momento decisivo...

Cada qual tomou da sua pistola...

Mas nesse momento, o senhor von Richter observou a Pantaleone que, como padrinho mais idoso, lhe cabia, segundo as regras do duelo, antes de contar "um! dois! três!", dirigir-se aos adversários, aconselhá-los pela última vez e propor-lhes a reconciliação; que embora essa proposta nunca fosse aceita e em geral não passasse de simples formalidade, por observá-la, o senhor "Tchibadola" estaria livre de qualquer dose de responsabilidade; que na verdade tal alocução é obrigação da chamada "testemunha imparcial" (*unparteiischer zeuge*) – mas como ali não havia tal personagem, então ele, von Richter, de boa vontade cedia esse privilégio ao respeitável colega. Pantaleone, que já havia conseguido se esconder atrás de um arbusto de modo a não ver nem a sombra do oficial ofensor, e que a princípio nada entendera de todo o discurso do senhor von Richter – tanto mais que a fala dele era fanhosa – estremeceu subitamente, avançou agilmente e batendo convulsivamente a

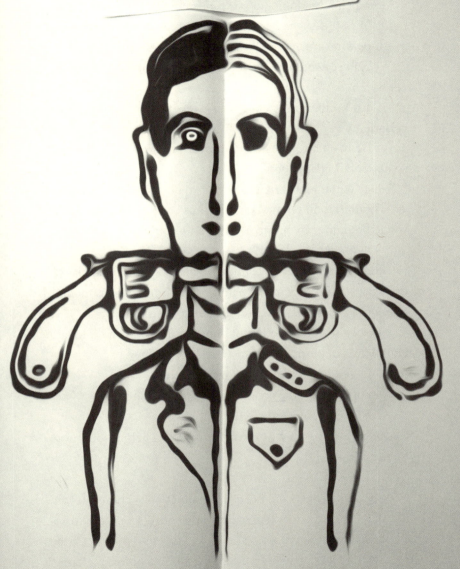

mão no peito, bradou com voz rouca em seu linguajar misturado: "A *lá-lá-lá...che bestialità! Deux zeun'ommes comme ça qué si battono – perche? Che diavolo? Andate a casa!*"³²

– Não concordo com a reconciliação – apressou-se em dizer Sánin.

– Eu também não concordo – repetiu em seguida o adversário.

– Bem, então grite: um, dois, três! – dirigiu-se von Richter ao atarantado Pantaleone.

Este lentamente se enfiou de novo no arbusto, e de lá pôs-se a bradar, todo encurvado, os olhos contraídos e a cabeça voltada em direção oposta, mas a plenos pulmões:

– *Una... Due... Tre!*

Sánin foi o primeiro a atirar – e não acertou. Sua bala retiniu contra uma árvore. O barão von Dönhof atirou imediatamente em seguida, propositalmente para o ar.

Houve um silêncio tenso... ninguém se moveu do lugar. Pantaleone deu um ligeiro suspiro.

– Deseja continuar? – inquiriu Dönhof.

– Por que atirou para o ar? – perguntou Sánin.

– Não é da sua conta.

– Vai atirar para o ar da segunda vez? – perguntou novamente Sánin.

– Talvez; não sei.

– Com licença, com licença, cavalheiros... – começou von Richter – duelistas não têm o direito de conversar entre si. Isso é contra o regulamento.

– Desisto de atirar – disse Sánin e atirou a pistola na terra.

---

32 "A lá-lá-lá...que bestialidade! Dois jovens que se batem – por quê? Que diabos! Vão para casa!" (mistura de francês e italiano).

– Eu também não quero continuar o duelo! – exclamou Dönhof, e atirou sua pistola por terra. – E, além disso, agora estou pronto a admitir que eu não tinha razão três dias atrás.

Titubeou um pouco e indeciso estendeu a mão. Sánin aproximou-se rapidamente e apertou-a. Os dois jovens olharam-se e sorriram – e o rosto de ambos cobriu-se de rubor.

– *Bravi! Bravi!* – começou a vociferar como louco Pantaleone e, batendo palmas, saiu correndo de detrás do arbusto; o médico, sentado ao lado sobre um tronco de árvore, levantou-se lentamente, bebeu água do jarro e cruzou preguiçosamente em direção à saída do bosque.

– A honra está satisfeita e o duelo terminado! – proclamou von Richter.

– *Fuori!* (Fora!) – bradou Pantaleone por força de um antigo hábito...

Após trocar cumprimentos com os senhores oficiais e sentar-se no coche, Sánin sentiu em todo seu ser senão prazer, ao menos certa leveza, como se tivesse saído de uma cirurgia; mas também outra sensação remexia-se dentro dele, um sentimento semelhante a vergonha... uma farsa combinada de antemão, uma brincadeira convencional e comum de estudantes e oficiais, era o que se lhe afigurava o duelo, no qual acabara de representar o papel que lhe coubera. Lembrou-se do médico fleumático, lembrou-se de como ele sorriu, ou seja, de como enrugara o nariz ao vê-lo sair do bosque de braços dados com o barão Dönhof. Depois, quando Pantaleone pagou ao tal médico os quatro *tchervonietz*... Ora! Algo não vai bem!

Sim; Sánin sentia um pouco de remorso e vergonha... no entanto, por outro lado, o que deveria fazer? Será que não poderia deixar sem punição a ousadia do jovem oficial, a exemplo do que fizera o senhor Klüber? Intercedera por Gemma, defendendo-a... Assim foi; apesar disso, sentia o coração pesado, remorso e mesmo vergonha.

Já Pantaleone estava simplesmente triunfante! O orgulho o dominava. Um general vitorioso que voltasse do campo de batalha não sentiria tamanha satisfação consigo mesmo. A conduta de Sánin durante o duelo enchera-o de admiração. Chamou-o de herói – e não queria ouvir suas admoestações e questões. Comparava-o ao monumento de mármore ou bronze em que figura a estátua do comendador Don Juan! Confessava a si mesmo sentir certa comoção. "Mas veja, sou artista." – observava – "Tenho uma natureza nervosa, já você é filho das neves e dos rochedos de granito."

Sánin decididamente não sabia como acalmar o exaltado artista.

Quase no mesmo lugar da estrada onde cerca de duas horas antes haviam encontrado Emilio – eis que este novamente salta por detrás de uma árvore: com um grito de alegria nos lábios e girando o boné sobre a cabeça, lança-se aos pulos para o coche; por pouco não cai sob as rodas e, sem esperar que os cavalos parem, escala a portinhola fechada e agarra-se a Sánin.

– Você está vivo, não está ferido! – exclamou – Perdoe-me, não o obedeci, não voltei a Frankfurt... Não podia! Esperei-o aqui... Conte, como foi? Você... o matou?

Sánin, com dificuldade, acalmou Emilio e o fez sentar-se.

Com evidente prazer e abundância de palavras, Pantaleone narrou-lhe os detalhes do duelo e, claro, sem deixar de mencionar o monumento de bronze, a estátua do comendador!

Chegou a levantar-se de seu lugar e, abrindo as pernas para manter o equilíbrio, com os braços cruzados sobre o peito e olhando com desdém por sobre o ombro – apresentou pessoalmente o comendador-Sánin! Emilio ouvia com devoção e de tempos em tempos interrompia o relato com uma exclamação, ou erguia-se rapidamente e de supetão beijava o seu heroico amigo.

As rodas do coche começaram a fazer barulho sobre o calçamento de Frankfurt, e enfim pararam diante do hotel em que Sánin estava hospedado.

Em companhia dos dois amigos, Sánin subia a escada em direção ao segundo andar, quando, de repente, de um corredorzinho escuro, a passos ágeis, surgiu uma mulher com o rosto oculto por um véu; ela parou diante de Sánin, cambaleou ligeiramente, suspirou trêmula e imediatamente desceu correndo para a rua, desaparecendo, para grande espanto do criado, que declarou que "essa dama esperava há mais de uma hora o retorno do senhor estrangeiro". Por mais rápida que tenha sido sua aparição, Sánin conseguiu reconhecer Gemma. Reconheceu seu olhar sob o espesso véu de seda marrom.

– Por acaso era de conhecimento de *Fraulein* Gemma... – disse contrariado, arrastando o alemão, dirigindo-se a Emilio e Pantaleone, que o seguiam de perto.

Emilio ruborizou-se e ficou perturbado.

– Fui forçado a lhe contar tudo – gaguejou –, ela desconfiou... e eu não pude... Mas agora isso não tem importância – acrescentou com vivacidade –; tudo terminou tão bem, e ela o viu são e salvo!

Sánin voltou o rosto.

– Que tagarelas vocês são, os dois! – exclamou com irritação, entrou em seu quarto e sentou-se em uma cadeira.

– Não se zangue, por favor – implorou Emilio.

– Está bem, não me zangarei – Sánin na realidade não estava zangado... e, afinal, dificilmente poderia desejar que Gemma *nada* soubesse. – Está bem... chega de abraços. Vão embora agora. Eu quero ficar só. Vou me deitar. Estou cansado.

– Excelente ideia! – exclamou Pantaleone. – Precisa de repouso! Merece inteiramente, nobre *signore*! Vamos, Emilio! Na ponta dos pés! Na ponta dos pés! chchchcht!

Dizendo que queria dormir, Sánin desejava apenas livrar-se dos seus amigos; mas ao ficar só, sentiu de fato imenso cansaço em todos os membros; durante toda a noite anterior quase não pregara o olho e, jogando-se na cama, caiu instantaneamente em sono profundo.

XXIII

Dormiu horas a fio um sono de chumbo. Sonhou que duelava novamente, que seu adversário era o senhor Klüber, que sobre um abeto havia um papagaio, que o papagaio era Pantaleone, e que este repetia, dando piparotes no próprio nariz: um-dois-três! Um-dois-três!

"Um... dois... três!" – ouviu agora com muita clareza: abriu os olhos, ergueu a cabeça... alguém batia à sua porta.

– Entre! – gritou Sánin.

Surgiu o criado e informou que uma dama desejava muito vê-lo.

"Gemma!" – passou-lhe pela cabeça... no entanto, a dama era a mãe – *Frau* Lenore.

Mal entrou, deixou-se cair sobre uma cadeira e começou a chorar.

– O que há com você, minha boa e querida senhora Roselli? – começou Sánin, sentando-se perto dela e tocando-lhe as mãos em leve carícia. – O que houve? Acalme-se, eu lhe peço.

– Ah, *Herr* Dimitri, sou muito... muito infeliz!

– Você, infeliz?

– Ah, muito! Como eu poderia imaginar? De repente, como um trovão em céu claro...

Respirava com dificuldade.

– Mas o que há? Explique! Quer um copo d'água?

– Não, agradeço – *Frau* Lenore enxugou os olhos com um lenço e recomeçou a chorar. – Eu sei de tudo! Tudo!

– O que quer dizer: tudo?

– Tudo o que se passou hoje! E o motivo... também conheço! Você procedeu como um homem nobre; mas que infeliz coincidência de circunstâncias! Não por acaso não gostei daquele passeio a Sóden... não por acaso! – *Frau* Lenore não havia dito nada semelhante no próprio dia do passeio, mas agora lhe parecia que pressentira "tudo". – Eu vim lhe ver como a um homem nobre, a um amigo, apesar de tê-lo visto pela primeira vez há apenas cinco dias... Infelizmente sou viúva, sozinha... minha filha...

As lágrimas sufocaram a voz de *Frau* Lenore. Sánin não sabia o que pensar.

– Sua filha? – repetiu ele.

– Minha filha Gemma – escapou um quase gemido de *Frau* Lenore através do lenço empapado em lágrimas – declarou-me hoje que não quer se casar com o senhor Klüber e que devo recusá-lo!

Sánin chegou mesmo a se afastar ligeiramente: não esperava por isso.

– Eu já nem digo – continuou *Frau* Lenore – que isso é uma vergonha: nunca se viu na vida uma noiva recusar o noivo; mas para nós isso é a ruína, *Herr* Dimitri! – *Frau* Lenore enrolara o lenço bem apertado, formando um pequenino novelo, como se quisesse encerrar nele toda a sua dor. – Viver com as rendas de nossa loja não podemos mais, *Herr* Dimitri! Já o senhor Klüber é muito rico, e será ainda mais rico. Por que então recusá-lo? Porque ele não tomou a defesa de sua noiva? Convenhamos que não foi muito bonito da parte dele, mas é um cidadão civil, não frequentou uma universidade, e como comerciante sólido deve desprezar as traquinadas levianas de um oficialzinho desconhecido. E onde está a ofensa, *Herr* Dimitri?

– Com licença, *Frau* Lenore, parece que me condena...

– De forma alguma o condeno, de forma alguma! Com você a coisa é completamente diferente; você, como todos os russos, é um combatente...

– Perdão, eu não sou nenhum...

– Você é estrangeiro, está de passagem, eu lhe sou agradecida – continuou *Frau* Lenore sem escutar Sánin. Estava ofegante, agitava os braços, desenrolou o lenço novamente e assoou. Pela forma com que manifestava sua dor, via-se que não nascera sob o céu setentrional.

– E como o senhor Klüber pode vender na loja, se duela com seus fregueses? Não tem cabimento! E agora eu devo recusá-lo? Do que iremos viver? Antes, só nós fazíamos beijo de moça e nugá com pistache, tínhamos uma boa freguesia, mas agora todos fazem beijo de moça!!! Pense bem: já mesmo sem motivos falarão na cidade sobre o duelo... não é fato que se possa ocultar. E súbito, o noivado é desfeito! Será um escândalo, um escândalo! Gemma é uma moça excelente, gosta muito de mim, mas é uma republicana teimosa, desafia a opinião alheia. Apenas você pode persuadi-la!

Sánin ficou ainda mais perplexo.

– Eu, *Frau* Lenore?

– Sim, só você... só você. Por isso vim lhe ver: não pude encontrar outra solução! O senhor é tão sensato e bom! Já intercedeu uma vez por ela. No senhor ela confia! Ela deve confiar, já que arriscou sua vida por ela. Mostre-lhe que eu já não posso fazer mais nada! Mostre-lhe que vai arruinar a si mesma e a todos nós. O senhor salvou o meu filho... Salve também a minha filha! Foi o próprio Deus que o mandou aqui... estou pronta a lhe implorar de joelhos...

E *Frau* Lenore ergueu-se um pouco da cadeira, como se pretendesse cair aos pés de Sánin... mas ele a deteve.

– *Frau* Lenore! Pelo amor de Deus! O que é isso?

Ela convulsivamente agarrou-lhe as mãos.

– Você promete?

– *Frau* Lenore, pense bem, com que propósito eu...

– Você promete? Quer que eu caia morta aqui agora mesmo?

Sánin estava perplexo. Era a primeira vez na vida que tinha de se haver com o ardente sangue italiano.

– Farei tudo o que quiser! – exclamou. – Vou falar com *Fraulein* Gemma...

Frau Lenore gritou de alegria.

– Apenas não sei qual pode ser o resultado...

– Ah, não recuse, não recuse! – disse *Frau* Lenore com voz suplicante. – Já concordou! O resultado certamente será excelente. Em todo caso, eu já não posso mais! A mim ela não ouve!

– Ela estava tão decidida assim, quando declarou que não iria se casar com o senhor Klüber? – perguntou Sánin após um curto silêncio.

– Foi categórica! É igual ao pai, Giovanni Battista! Uma estouvada!

– Estouvada? Ela?... – repetiu Sánin acentuando as palavras.

– Sim, sim, mas também é meu anjo. Ela o escutará. Você virá, virá logo? Oh, meu querido amigo russo! – *Frau* Lenore levantou-se de um salto da cadeira e com o mesmo ímpeto abraçou a cabeça de Sánin, sentado diante dela. – Receba a benção de uma mãe; e me dê um copo d'água!

Sánin trouxe o copo d'água à senhora Roselli, deu-lhe sua palavra de honra de que iria sem demora, acompanhou-a pela escada até a rua – e ao entrar em seu quarto, ergueu os braços e arregalou os olhos. "Puxa!", pensou, "Agora a vida está mesmo girando! E gira tanto que minha cabeça começa a rodar." Não ousou olhar para dentro de si mesmo para tentar entender o que acontecia por lá: confusão – e basta! "Que diazinho!", involuntariamente balbuciaram seus lábios, "Estouvada... diz a mãe... E eu devo aconselhá-la – a ela?! Aconselhar o quê?!".

A cabeça de Sánin realmente andava à roda – e acima de todo o turbilhão de sensações e impressões variadas, e de pensamentos reticentes, pairava a imagem de Gemma, aquela imagem que se cravara indelevelmente em sua memória naquela noite quente sacudida pela eletricidade, naquela janela escura sob os raios de luz das estrelas!

XXIV

Com passos vacilantes, Sánin aproximava-se da casa da senhora Roselli. O coração batia forte; parecia que o escutava tocar as costelas. O que dirá a Gemma, como falar com ela? Introduziu-se na casa pela entrada dos fundos, e não através da confeitaria. Em uma pequena antessala, encontrou *Frau* Lenore. Esta, ao vê-lo, ao mesmo tempo alegrou-se e assustou-se.

– Estava esperando, estava esperando por você – disse num sussurro, apertando-lhe as mãos – Vá ao jardim; ela está lá. Mas veja bem: conto com o senhor!

Sánin dirigiu-se ao jardim.

Gemma estava sentada em um banquinho próximo a uma vereda e, de uma grande cesta cheia de cerejas, escolhia as mais maduras e as punha em um prato. O sol já estava baixo – eram sete horas da noite – e havia em seus raios amplos e oblíquos, que inundavam todo o jardinzinho da senhora Roselli, um colorido mais para rubro do que para dourado. Vez por outra, as folhagens trocavam murmúrios quase imperceptíveis e vagarosos; abelhas tardias zumbiam descontinuadamente, enquanto revoavam de uma flor a outra; em algum lugar uma rolinha arrulhava monótona e incansável.

Gemma usava o mesmo chapéu redondo que vestira no passeio a Sóden. Olhou para Sánin por debaixo da aba curva e novamente inclinou-se para a cestinha.

Sánin aproximou-se dela involuntariamente, encurtando cada passo e... e... e não encontrou nada o que dizer-lhe, a não ser indagar: para que ela escolhia cerejas?

Gemma respondeu-lhe após alguns instantes:

— Essas mais maduras — disse por fim — são para fazer geleias e aquelas para rechear pastéis. Sabe, aqueles pastéis redondos com açúcar que vendemos.

Após pronunciar essas palavras, Gemma inclinou ainda mais a cabeça e sua mão direita deteve-se no ar com duas cerejas entre os dedos, entre a cesta e o prato.

— Posso me sentar perto de você? — perguntou Sánin.

— Pode — Gemma moveu-se ligeiramente no banco.

Sánin sentou-se a seu lado. "Como começar?" — pensou. Mas a moça tirou-o da dificuldade.

— Você hoje duelou — começou a dizer com vivacidade e voltou para ele o belo rosto coberto por um ligeiro rubor; e que profundo reconhecimento brilhava em seus olhos! — E você está tão tranquilo! Não tem medo do perigo?

— Por favor! Não tive de enfrentar nenhum perigo. Tudo correu muito bem e sem ofensa.

Gemma levou um dedo para a direita e para a esquerda diante dos olhos... Gesto também italiano.

— Não! Não! Não diga isso! Você não me engana! Pantaleone me contou tudo!

— E você acredita? Ele também me comparou à estátua do comendador...

– As expressões dele podem ser ridículas, mas o sentimento dele não é, e nem o que você fez hoje. E tudo isso por mim... para mim... Eu nunca vou esquecer.

– Eu juro, *Fraulein* Gemma...

– Eu nunca vou esquecer – repetiu ela pausadamente mais uma vez e voltou-se.

Sánin podia agora observar-lhe o perfil fino e delicado, e lhe pareceu nunca ter visto nada igual ou experimentado nada semelhante ao que sentia nesse instante. Seu coração ardeu.

"E minha promessa?" – passou-lhe o pensamento.

– *Fraulein* Gemma... – começou após vacilar um instante.

– Quê?

Ela não se voltou para ele; continuou a escolher as cerejas, apanhando-as cuidadosamente pelos caules com as pontas dos dedos, erguendo suas folhinhas... Mas com que confiança e ternura ecoou esse "Quê"!

– A sua mãe não lhe comunicou nada... a respeito...

– A respeito?

– A meu respeito?

Gemma súbito lançou de volta à cesta as cerejas que escolhera.

– Ela falou com você? – perguntou, por sua vez.

– Sim.

– E o que ela lhe disse?

– Ela me disse que... que você... que você repentinamente decidiu mudar... suas intenções anteriores.

A cabeça de Gemma novamente inclinou-se e desapareceu totalmente sob o chapéu; via-se apenas o pescoço flexível e delicado como a haste de uma grande flor.

– Que intenções?

– Suas intenções... a respeito... do futuro de sua vida.
– Ou seja... você fala... do senhor Klüber?
– Sim.
– Mamãe lhe disse que eu não desejo ser esposa do senhor Klüber?
– Sim.

Gemma moveu-se no banco. A cesta inclinou-se, caiu... algumas cerejas rolaram pela vereda. Passou um minuto... outro.

– Por que ela lhe contou isso? – indagou em tom pouco perceptível.

Sánin continuava a ver apenas o pescoço de Gemma. Seu peito erguia-se e baixava mais rápido que antes.

– Por que? Sua mãe pensa que, como eu e você em pouco tempo, por assim dizer, nos tornamos amigos, e você deposita certa confiança em mim, que eu, então, estou em posição de lhe dar um conselho útil, que você me ouvirá.

Os braços de Gemma lentamente escorregaram para os joelhos... Ela pôs-se a alisar as pregas do vestido.

– Que conselhos me dará, *monsieur* Dimitri? – perguntou ela após alguns instantes.

Sánin percebeu os dedos de Gemma tremerem sobre os joelhos... Ela alisou as pregas do vestido para dissimular o tremor. Ele colocou de mansinho a sua mão sobre aqueles dedos pálidos e nervosos.

– Gemma – pronunciou –, por que você não olha para mim?

Ela imediatamente jogou o chapéu para trás, por sobre os ombros, e fixou nele os olhos confiantes e agradecidos como antes. Esperou que ele falasse... Mas a visão de seu rosto o desconcertou e pareceu cegá-lo. O brilho do sol poente iluminava a cabeça da jovem, e a expressão de seu rosto estava ainda mais luminosa e viva que a própria luz do sol.

– Vou lhe escutar, *monsieur* Dimitri – disse com um leve sorriso, erguendo ligeiramente as sobrancelhas. – Que conselho quer me dar?

– Que conselho? – repetiu Sánin. – Bem, sua mãe julga que recusar o senhor Klüber apenas porque ele há três dias não demonstrou muita bravura...

– Apenas por isso? – proferiu Gemma, inclinou-se, ergueu a cesta e a colocou sobre o banco.

– Que... em suma... recusá-lo é de sua parte uma imprudência; que se trata de um passo cujas consequências devem ser bem pesadas; que, afinal, a própria situação dos negócios da sua família impõe certos deveres a cada um de seus membros...

– Tudo isso é opinião da mamãe – atalhou Gemma –, são palavras dela. Isso eu já sei; e qual é a sua opinião?

– A minha? – Sánin silenciou. Sentiu algo subir-lhe à garganta e prender-lhe a respiração. – Eu também acho... – começou com esforço.

Gemma retesou-se.

– Também? Você também?

– Sim... isto é... – Sánin não pôde, definitivamente não pôde acrescentar quaisquer palavras.

– Está bem – disse Gemma. – Se você, como amigo, me aconselha a mudar de decisão... isto é, a não mudar a minha decisão anterior, vou pensar – sem perceber o que fazia, começou a colocar as cerejas do prato de volta na cesta – Mamãe espera que eu o obedeça... não é assim? Talvez eu faça isso...

– Mas, permita, *Fraulein* Gemma, primeiro desejaria saber que motivos a levaram...

– Vou obedecê-lo – repetiu Gemma, e suas sobrancelhas moveram-se, a face empalideceu e mordeu o lábio inferior. – Você fez tanto por mim, que tenho o dever de fazer o que me pede; tenho o dever de atender ao seu desejo. Vou dizer a mamãe... vou pensar. Aliás, ela está vindo para cá.

De fato, *Frau* Lenore surgira na soleira da porta que dava para o jardim. A impaciência a consumia: não pudera se conter. Pelos seus cálculos, Sánin há muito já deveria ter acabado a conversa com Gemma, embora não houvesse se passado mais do que quinze minutos.

– Não, não, não, pelo amor de Deus, por enquanto não diga nada a ela – pronunciou Sánin às pressas, quase assustado –, espere um pouco... ainda tenho uma coisa a te dizer, vou te escrever... não decida nada até lá... espere um pouco!

Apertou a mão de Gemma, pulou do banco e, para grande espanto de *Frau* Lenore, passou esgueirando-se à sua frente, ergueu o chapéu, resmungou algo incompreensível – e desapareceu.

Ela se aproximou da filha.

– Diga-me, por favor, Gemma...

Esta se levantou de repente e a abraçou.

– Mãezinha querida, você pode esperar um pouquinho, só um pouquinho... até amanhã? Pode? E com a condição de não falar nada até amanhã?... Ah!

Pôs-se a derramar lágrimas repentinas, que ela própria não esperava. Isso causou ainda mais surpresa a *Frau* Lenore, uma vez que a expressão da filha, longe de ser triste, estava bastante alegre.

– O que há com você? – perguntou. – Você nunca chora, e de repente...

– Não é nada, mamãe, nada! Apenas espere um pouco! Nós duas vamos esperar um pouco. Não pergunte nada até amanhã... e me deixe escolher as cerejas antes que o sol se ponha.

– Mas você vai ser sensata?

– Ah, eu sou muito sensata! – Gemma moveu significativamente a cabeça. Começou a atar pequenos cachos de cereja, segurando-os no alto, diante do rosto corado. Não enxugou as lágrimas: secaram por si mesmas.

XXV

Sánin voltou para casa quase correndo. Ele sentia, tinha consciência de que só ali, a sós, poderia afinal entender o que se passava com ele, o que lhe estava acontecendo. E realmente: mal entrou no quarto e se sentou à escrivaninha, apoiando sobre ela os cotovelos, com o rosto nas palmas das mãos, exclamou dolorosamente com uma voz abafada: "eu a amo, a amo loucamente!" – e ardia todo por dentro, como o carvão quando recebe subitamente um sopro e reaviva a camada morta das cinzas. Um instante... e já era incapaz de compreender como pudera ficar sentado ao lado dela... dela! – e falar com ela, e não sentir que adora até a própria barra de seu vestido, que está pronto a "morrer a seus pés", segundo a expressão dos jovens. O último encontro no jardim fora decisivo. Agora, ao pensar nela, já não lhe vinha a imagem dos cabelos desgrenhados ao brilho das estrelas – via-a sentada no banco, via-a tirar o chapéu e lançar-lhe um olhar confiante... e um tremor e uma sede de amor percorreram todas as suas veias. Lembrou-se da rosa, que trazia já há três dias no bolso: apanhou-a e apertou-a contra os lábios com uma força tão febril, que involuntariamente se contraiu de dor. Agora já não pensava em mais nada, não imaginava, não calculava e não previa nada; desligou-se de todo o passado e deu um salto à frente: das bordas tristonhas da sua vida solitária, da sua solteirice, atirava-se nessa torrente alegre, efervescente e poderosa – e pouco se importava, não queria saber para onde o levava, se iria se chocar contra algum rochedo! Já não se tratava das mansas ondas do romanço de Uhland, que ainda há pouco o ninavam... Eram vagas encapeladas e irresistíveis! Voam e saltam para a frente – e ele voa com elas!

Apanhou uma folha de papel, e sem um borrão, quase que a um só golpe de pena, escreveu o seguinte:

"Querida Gemma!
Você sabe que conselho eu pretendia lhe dar, você sabe o que deseja sua mãe e o que me havia pedido – mas o que você não sabe, e que devo lhe dizer agora, é que eu a amo, amo com toda a paixão do coração que ama pela primeira vez! Esse fogo irrompeu dentro de mim subitamente, mas com tal força, que não encontro palavras! Quando sua mãe me procurou e me fez tal pedido, eu ardia ainda a fogo lento; do contrário, como homem honesto, certamente teria me recusado a cumprir tal incumbência... Essa mesma confissão que agora lhe faço é a confissão de um homem honesto. Você deve saber com quem lida, entre nós não deve existir mal-entendidos. Como vê, eu não posso lhe dar nenhum conselho... Eu a amo, amo, amo – nada mais há em mim, nem em meu pensamento, nem em meu coração!!
Dm. Sánin"

Após dobrar e selar o bilhete, Sánin quis chamar o criado e enviar através dele... "Não! não é conveniente... Através de Emilio? Mas dirigir-me à loja, procurá-lo por lá entre os balconistas, também não é conveniente. Além disso já é noite, e ele talvez já tenha saído da loja". Refletindo dessa forma, Sánin pôs o chapéu e saiu para a rua; virou uma esquina, outra, e com indescritível alegria viu Emilio diante de si. Com uma sacola debaixo do braço e um maço de papéis na mão, o jovem entusiasta voltava apressadamente para casa.

"Não é por acaso que afirmam que toda pessoa apaixonada tem sua estrela" – pensou Sánin, e chamou Emilio.

Este se voltou para trás e imediatamente correu para o amigo.

Sánin não lhe deu tempo para entusiasmos: pôs-lhe nas mãos o bilhete, explicou-lhe para quem e como deveria entregá-lo... Emilio escutou com atenção.

– Ninguém deve perceber? – perguntou, assumindo ares de importância e mistério: "Sabemos perfeitamente do que se trata!"

– Ninguém, meu amiguinho – proferiu Sánin um pouco embaraçado e deu uma palmadinha na face de Emilio. – E se houver resposta... você me trará a resposta, está bem? Vou ficar em casa.

– Quanto a isso não se preocupe! – cochichou alegremente Emilio e pôs-se a correr, saudando-o de longe mais uma vez com a cabeça.

Sánin voltou a casa e sem acender as velas atirou-se ao sofá, cruzou as mãos atrás da cabeça e entregou-se àquelas sensações que só acontecem com a consciência do amor, impossíveis de serem descritas: quem as experimentou conhece seus tormentos e doçuras; quem não as experimentou – a esses não adianta explicar.

A porta se abriu e surgiu a cabeça de Emilio.

– Trouxe – disse sussurrando. – Aqui está, a resposta!
Mostrou e ergueu sobre a cabeça um papelzinho enrolado.
Sánin pulou do sofá e arrancou-o das mãos de Emilio. A paixão o percorria com suprema força: não estava para dissimulações agora, nem para observar o decoro, mesmo diante desse menino, o irmão de Gemma. Teria vergonha e se conteria, se pudesse!

Aproximou-se da janela e à luz do lampião da rua de frente à casa, leu as seguintes linhas:

"Peço-lhe, rogo-lhe – não vir nos ver durante todo o dia de amanhã, não aparecer. Necessito que assim seja, imprescindivelmente – e então tudo será resolvido. Sei que não me recusará isto, porque...

Gemma"

Sánin leu duas vezes o bilhete – oh, quão elegante e bela lhe pareceu a letra! – pensou um pouco e dirigiu-se a Emilio, que para demonstrar sua discrição havia voltado o rosto e esquadrinhava a parede com o dedo – chamou-o alto pelo nome.

Emilio imediatamente correu para ele.

– O que o senhor deseja?

– Escute, amigo...

– *Monsieur* Dimitri – interrompeu-o Emilio com voz queixosa –, por que não me trata por tu?

Sánin pôs-se a rir.

– Está bem. Escuta, meu amigo (Emilio deu um ligeiro pulo de satisfação), escuta: lá, compreendes?, Lá tu dirás que tudo será feito com precisão (Emilio comprimiu os lábios e abanou a cabeça com ar de importância) e... o que vais fazer amanhã?

– Eu? Que vou fazer? O que o senhor deseja que eu faça?

– Se for possível, vem me encontrar bem cedo e vamos passear até tarde pelas cercanias de Frankfurt... Queres?

Emilio deu outro pulinho.

– Ora, o que pode ser melhor no mundo? Passear com o senhor, isso é simplesmente uma maravilha! Virei com certeza!

– E se não te deixarem?

– Como não deixariam!

– Escuta: não diga lá que eu te chamei para passar o dia todo comigo.

– Por que eu iria dizer? Eu simplesmente vou sair! O que tem de mal!

Emilio beijou Sánin e saiu em disparada.

Sánin andou pelo quarto durante muito tempo e já bem tarde deitou-se para dormir. Entregava-se àquelas sensações tormentosas e doces, àquele enleio feliz que antecede uma nova vida. Estava muito satisfeito por ter tido a ideia de convidar Emilio para passear dia seguinte; ele se parecia muito com a irmã. "Fará com que me lembre dela." – pensou.

No entanto, o que mais lhe causava espanto era: como pudera ontem ser diferente de hoje? Tinha a impressão de que amava Gemma "eternamente", e que é exatamente assim que a amava hoje.

XXVI

No dia seguinte, às oito horas da manhã, Emilio escapou com Tartaglia à coleira, para a casa de Sánin. Se fosse filho de pais alemães não poderia revelar maior pontualidade. Em casa, havia mentido: dissera que iria passear com Sánin até a hora do café da manhã e depois seguiria para a loja. Enquanto Sánin se vestia, Emilio começou a lhe falar, na verdade um tanto vacilante, sobre Gemma e sobre sua desavença com o senhor Klüber; mas Sánin manteve um grave silêncio em resposta e, assim, Emilio deu a entender que compreendia por que não deveria insistir nem ligeiramente nesse ponto; não mais se referiu a ele – assumindo, vez por outra, expressão constrita e ensimesmada.

Após tomarem café, os amigos dirigiram-se a pé a Hausen, uma pequena aldeia a curta distância de Frankfurt, cercada por bosques. Toda a cadeia de montanhas de Taunus é vista dali como se coubesse na palma da mão. O tempo estava esplêndido; o sol brilhava e aquecia, mas não queimava; um vento fresco agitava vivamente as folhas verdes; pela terra, como pequenas manchas, deslizavam rápidas e suaves as sombras das nuvens altas e redondas. Os jovens logo saíram da cidade e, alegres e dispostos, puseram-se em marcha pela estrada lisa e plana. Entraram em um bosque e vagaram por lá longamente; depois, almoçaram fartamente em uma estalagem; em seguida, subiram as montanhas, admiraram a paisagem, e lá de cima atiraram pedras e bateram palmas, observando como essas pedras saltavam de maneira engraçada e estranha, como coelhos, até que um passante lá embaixo, imperceptível para eles, começou a xingá-los em voz alta e forte; deitaram, estendendo-se sobre o musgo curto e seco de cor amarelo-violeta; beberam cerveja em outra taberna; apostaram corrida, apostaram saltos: quem iria mais longe? Produziram eco e conversaram com ele, cantaram, gritaram, lutaram, quebraram galhos, enfeitaram seus chapéus com ramos de samambaia e até mesmo dançaram. Tartaglia participava de todas essas diversões, na medida de suas possibilidades: pedras, o cãozinho realmente não atirou, mas corria em cambalhotas atrás delas, gania quando os jovens cantavam e chegou mesmo a beber cerveja, embora com nítida aversão: esta arte aprendera de um estudante ao qual outrora pertencera. Em geral, não obedecia muito a Emilio – não como ao seu dono atual, Pantaleone – e quando Emilio lhe ordenava que "falasse" ou "espirrasse", limitava-se a abanar a cauda e a projetar a língua em forma de tubo.

    Os jovens também conversaram bastante. No início do passeio, Sánin, como o mais velho e sensato entre eles, fez considerações a respeito do termo *"fatum"*, destino, ou predestinação, sobre o que significa e em que consiste a vocação do homem; mas a conversa logo tomou um rumo menos sério. Emilio começou a perguntar a seu amigo e patrono sobre a Rússia, como lá se realizam os duelos, se as mulheres são bonitas, se é possível aprender rápido a língua russa, e o que ele sentira quando o oficial mirou a arma nele. Sánin, por sua vez, fez perguntas a Emilio sobre o seu pai, a sua mãe, sobre os negócios da família, sempre cuidando em não tocar no nome de Gemma – mas pensando sempre nela. Na realidade não era propriamente nela que pensava – mas no dia seguinte, naquele misterioso amanhã que lhe traria uma felicidade desconhecida e inaudita! Tinha a impressão de que uma cortina leve e fina pendia, movendo-se suavemente à frente do seu olhar – e por trás dela, sentia... sentia a presença de um rosto jovem, imóvel, divino com um sorriso meigo nos lábios e pestanas baixas, sérias, simuladamente sérias. E esse rosto não era o de Gemma, era o rosto da própria felicidade! E eis que chega enfim a sua hora, a cortina é suspensa, os lábios se entreabrem, as pestanas se erguem... pode ver a divindade – e há luz, como a do sol, e alegria e êxtase infinitos! Pensa no dia de amanhã... e sua alma desfaz-se entre a alegria e a lânguida tristeza que sempre nasce da expectativa!

E essa expectativa, essa melancolia não estorva. Ela acompanha cada um de seus movimentos e não os dificulta. Não estorva sua magnífica refeição numa terceira taberna em companhia de Emilio, mas apenas de vez em quando, como um curto relâmpago, incendeia seu pensamento: e se alguém soubesse? Essa melancolia não o impede de pular carniça com Emilio depois da refeição. Levavam esse jogo em um charco amplo e verde... e qual não é a estupefação, o embaraço de Sánin, quando, aos latidos ferozes de Tartaglia a perseguir pássaros, saltando por cima de Emilio que estava agachado – súbito vê diante de si, bem na extremidade da relva verdejante, dois oficiais, nos quais reconhece logo o adversário da véspera e seu padrinho, os senhores von Dönhof e von Richter! Ambos estavam de monóculo, olhavam para ele e sorriam... Sánin ergueu--se de um salto, virou-se, vestiu apressadamente o sobretudo, gaguejou algo a Emilio, este também vestiu seu casaco – e ambos se afastaram rapidamente.

Chegaram tarde a Frankfurt.

– Vão ralhar comigo – disse Emilio a Sánin, ao se despedir –, mas pouco me importa! Passei um dia tão maravilhoso!

Voltando ao hotel, Sánin encontrou um bilhete de Gemma. Marcava encontro para o dia seguinte às sete horas da manhã em um dos jardins públicos, que cercam Frankfurt por todos os lados.

Como lhe pulsava o coração! Como se sentia alegre em obedecê-la sem reservas! E, Deus meu, o que prometia... e o que não prometia esse extraordinário, único, impossível e indubitável dia de amanhã!

Fixou os olhos no bilhete de Gemma. O comprido e gracioso rabinho da letra G, primeira letra do seu nome, ao final da folha lembrou-lhe de seus belos dedos, suas mãos... Veio a ideia de que nunca aproximara seus lábios dessas mãos... "Italianas", pensou, "apesar dos boatos sobre elas, são recatadas e austeras... E Gemma ainda mais! *Tsaritsa*... deusa... mármore puro e virginal... Mas chegará a hora, e não está longe...".

Havia em Frankfurt naquela noite um homem feliz... Ele dormia, mas poderia dizer sobre si com as palavras do poeta:

Durmo... porém vela o coração desperto.

XXVII

Às cinco horas, Sánin acordou; às seis, já estava vestido; às seis e meia, perambulava pelo jardim público à vista do pequeno caramanchão mencionado por Gemma em seu bilhete.

A manhã estava calma, quente e cinzenta. Às vezes tinha-se a impressão de que a chuva não demoraria a cair; mas com o braço estendido nada se sentia, apenas quando se olhava para a manga do paletó era possível perceber vestígios de minúsculas gotas, como pequeninas pérolas; mas mesmo elas cessaram. O vento, é como se nunca tivesse existido no mundo. Os ruídos não se prolongavam, mas morriam ali mesmo ao redor; à distância, um vapor esbranquiçado condensava-se levemente, o ar exalava o aroma de resedá e das flores brancas das acácias.

Nas ruas as lojas ainda não estavam abertas, mas já se viam transeuntes; vez por outra se ouvia o rolar de uma carruagem solitária... Ninguém passeava ainda pelo jardim. O jardineiro, sem pressa, aplainava o caminho com a pá; uma velhinha decrépita em um vestido de lã preto manquejava pela aleia. Nem por um instante poderia Sánin tomar essa criatura disforme por Gemma – ainda assim seu coração saltou e ele seguiu atentamente com o olhar aquela mancha negra que se distanciava.

Sete! Bateu o relógio da torre.

Sánin deteve-se. Será que ela não virá? Um calafrio percorreu subitamente sua espinha. O mesmo calafrio repetiu-se instantes depois, mas já por outro motivo. Ouviu atrás de si passos leves e um suave frufru de vestido de mulher... Voltou-se: ela!

Gemma vinha ao seu encontro pela vereda. Vestia uma mantilha cinza e um pequeno chapéu escuro. Olhou para Sánin, voltou a cabeça para o lado e, após alcançá-lo, ultrapassou-o.

– Gemma – disse ele em tom pouco perceptível.

Ela fez-lhe um ligeiro gesto com a cabeça e continuou em frente. Ele a seguiu.

O rapaz tinha a respiração entrecortada. As pernas mal o obedeciam.

Gemma passou pelo caramanchão, tomou a direita, caminhou diante de uma represa pequena e rasa em que pardais alvoroçados agitavam-se nas águas e, penetrando por um canteiro de altos lilases, deixou-se cair sobre um banco. O local era agradável e protegido. Sánin sentou-se ao lado dela.

Passou-se um minuto sem que ele ou ela pronunciassem sequer uma palavra; ela nem o olhava; ele olhava, não o seu rosto, mas as suas mãos cruzadas a segurar uma pequena sombrinha. O que dizer? O que poderia ser dito que se comparasse à presença dos dois ali, juntos, a sós, tão cedo, tão perto um do outro?

– Você... está zangada comigo? – indagou Sánin afinal.

Seria difícil dizer algo mais estúpido que essas palavras... ele próprio reconhecia isso... Mas ao menos o silêncio havia sido rompido.

– Eu? – respondeu ela. – Por quê? Não.
– E você acredita em mim? – prosseguiu ele.
– No que você escreveu?
– Sim.

Gemma baixou a cabeça e nada respondeu. A sombrinha lhe escapou das mãos. Apressou-se a apanhá-la antes que caísse ao chão.

– Ah, acredite em mim, acredite no que lhe escrevi! – exclamou Sánin; toda sua timidez de repente desaparecera; pôs-se a falar com fervor. – Se existe alguma verdade sobre a terra, sagrada e inquestionável... é a de que eu a amo e a amo com paixão, Gemma!

Ela lhe lançou um rápido olhar de esguelha e novamente, por pouco, não deixou cair a sombrinha.

– Acredite em mim, acredite em mim – repetia ele. Suplicava, estendia-lhe os braços, mas não ousava tocá-la. – O que você quer que eu faça... para convencê-la?

Ela o olhou novamente.

– Diga, *monsieur* Dimitri – há três dias, quando o senhor veio me persuadir, parece que ainda não sabia... não sentia...

– Eu sentia – cortou Sánin –, mas não sabia. Eu a amo desde o instante em que a vi... mas não compreendi logo o que você se tornava para mim! E além disso, eu ouvia dizer que você era noiva... No que se refere à incumbência de sua mãe... em primeiro lugar, como eu poderia recusar? Em segundo... parece que eu lhe transmiti de tal forma o recado, que você pôde compreender...

Ouviram-se passos pesados e um senhor bastante robusto com uma sacola de viagem ao ombro, evidentemente um estrangeiro, surgiu por trás do canteiro e, com a sem-cerimônia de um forasteiro, lançou o olhar ao casal sentado no banco, deu uma tossida alta... e seguiu adiante.

– Sua mãe – recomeçou a falar Sánin assim que silenciou o ruído dos pesados passos – disse que sua recusa provocará um escândalo (Gemma franziu ligeiramente a testa); que em parte eu próprio dei motivos a rumores inconvenientes e que... consequentemente... cabia a mim, até certo ponto, a obrigação de convencê-la a não rejeitar seu noivo, senhor Klüber...

– *Monsieur* Dimitri – disse Gemma, e passou a mão pelos cabelos do lado voltado para Sánin –, não chame, por favor, o senhor Klüber de meu noivo. Jamais serei sua esposa. Recusei-o.

– Você o recusou? Quando?

– Ontem.

– A ele mesmo?

– A ele mesmo. Em nossa casa. Ele veio nos ver.

– Gemma! Quer dizer que você me ama?

Ela voltou-se para ele.

– De outra forma... acaso eu estaria aqui agora? – balbuciou, e suas mãos abandonaram-se sobre o banco.

Sánin agarrou essas mãos estendidas, as palmas voltadas para cima – e apertou-as junto aos seus olhos e lábios... Eis que se erguia aquela cortina que lhe pareceu ver na véspera! Eis ela, a felicidade, eis sua face radiante!

Ergueu a cabeça e encarou Gemma – diretamente, e com audácia. Ela também o fitou – um tanto de cima para baixo. Através dos olhos semicerrados, seu olhar mal brilhava, inundado por lágrimas leves de felicidade. Ela não sorria... não! Seu rosto ria com um riso também feliz, mas silencioso.

Ele quis puxá-la para si, mas ela recuou e, sem deixar de rir aquele riso silencioso, meneou a cabeça negativamente. "Espere", pareciam dizer seus olhos felizes.

– Oh, Gemma! – exclamou Sánin. – Como eu poderia imaginar que tu (seu coração disparou, quando seus lábios pronunciaram pela primeira vez esse "tu"), que tu virias a me amar!

– Eu mesma não esperava por isso – pronunciou baixinho Gemma.

– Como eu poderia imaginar – continuou Sánin –, como eu poderia imaginar que ao vir a Frankfurt, onde pretendia ficar apenas algumas horas, encontraria a felicidade de toda minha vida!

– De toda vida? Mesmo? – perguntou Gemma.

– De toda vida, eterna e para sempre! – exclamou Sánin num novo ímpeto.

A pá do jardineiro cavou, de repente, a dois passos do banco em que estavam sentados.

– Vamos para casa – balbuciou Gemma –, vamos juntos; queres?

Se ela lhe dissesse nesse momento: "atira-te ao mar, queres?" – não teria terminado a última palavra e ele já estaria se projetando precipitadamente no abismo.

Juntos, saíram do jardim e dirigiram-se para casa, mas não pelas ruas da cidade e sim pelos arredores.

XXVIII

Sánin andava ora ao lado de Gemma, ora um pouco atrás, sem tirar os olhos dela e sempre sorrindo. E ela às vezes parecia apressar o passo... às vezes parecia deter-se. A bem da verdade, ambos avançavam atordoados, ele todo pálido, ela corada de emoção. O que haviam feito há alguns instantes – a doação mútua de suas almas – era tão forte e novo e espantoso; tudo em suas vidas havia se alterado, se modificado tão subitamente, que não podiam perceber com clareza, limitando-se a tomar consciência do turbilhão que os envolvia, semelhante ao vendaval daquela noite que quase os lançara nos braços um do outro. Sánin caminhava e sentia que olhava Gemma de forma diferente: notou por um momento certas particularidades no seu andar, nos seus movimentos – e, Deus meu! Como eram infinitamente queridos e graciosos para ele! E ela sentia ser assim que ele a olhava.

Sánin e ela amavam pela primeira vez; todas as maravilhas do primeiro amor consumavam-se neles. O primeiro amor é uma revolução: a rotina monótona e regular da vida organizada se rompe e é destruída em um instante, a juventude se coloca na barricada, alto tremula sua bandeira flamejante, e não importa o que a espera adiante – a morte ou uma nova vida – a tudo acolhe com uma saudação entusiasta.

– O que é? Não será o nosso velhinho? – indagou Sánin, apontando com o dedo para uma figura emperiquitada que apressadamente avançava meio de lado, como se tentasse não ser notada. Em meio à abundância de felicidade ele sentia necessidade de falar com Gemma não sobre amor – isso era coisa resolvida e sagrada – mas sobre qualquer outra coisa.

– Sim, é Pantaleone – respondeu alegre e feliz. – Certamente saiu de casa atrás do meu rastro; ontem passou o dia seguindo meus passos... Está desconfiado!

– Está desconfiado! – repetiu Sánin extasiado. O que podia dizer Gemma que não o deixasse extasiado?

Em seguida pediu que ela lhe contasse em detalhes tudo o que se passara na véspera.

E ela logo começou a narrar, apressada, embaralhada, sorrindo, soltando breves suspiros, e trocando com Sánin olhares curtos e radiantes. Disse-lhe como, após a conversa de anteontem, a mãe se esforçou por arrancar dela, Gemma, algo positivo; como contornou a situação com a promessa de comunicar sua decisão dentro de vinte e quatro horas; como conseguira esse prazo – e como fora difícil; como inesperadamente aparecera o senhor Klüber, mais afetado e engomado que nunca; como este manifestara indignação a propósito da leviandade do desconhecido russo, procedimento infantil imperdoável e para ele, Klüber, profundamente ofensivo (se expressou exatamente assim) – referia-se ao *teu* duelo – e como ele exigiu que *te* afastássemos imediatamente de casa. "Porque – acrescentou ele (e aí Gemma imitou-lhe ligeiramente a voz e a maneira) – tal procedimento lança sombra em minha honra; como se eu não soubesse interceder em favor de minha noiva, caso julgasse necessário e proveitoso! Toda Frankfurt amanhã saberá que outro se bateu com um oficial por minha noiva; o que isso parece? Isso mancha a minha honra!" Mamãe concordou com ele – imagine! – mas nesse momento eu de repente lhe declarei que era inútil a sua preocupação com a honra, com a sua pessoa, que em vão se ofendia com comentários sobre a sua *noiva*, pois eu já não era mais noiva dele e não seria jamais sua esposa! Confesso que quis primeiro falar com você... contigo, antes de recusá-lo definitivamente; mas ele apareceu... e eu não pude conter-me. Mamãe chegou a gritar de susto. Fui ao outro aposento e trouxe a aliança – não notaste, já há dois dias não a usava – e lhe devolvi. Ele se ofendeu terrivelmente; mas como é extremamente orgulhoso e presunçoso, não quis dizer mais nada e foi embora. Imagine o que tive de suportar da mamãe, e me foi bem doloroso ver como ela ficou amargurada – pensei ter sido um pouco precipitada; mas tinha o teu bilhete – e mesmo sem isso já sabia...

– Que eu te amo – atalhou Sánin.

– Sim... que tu me amas.

Assim falou Gemma, embaralhada, sorrindo, abaixando a voz ou mesmo silenciando toda vez que alguém vinha se aproximando ou passava perto. Sánin a ouvia com enleio, deliciando-se com o som da sua voz, assim como na véspera admirara sua caligrafia.

– Mamãe está completamente amargurada – retomou Gemma – e as palavras lhe saíam aos borbotões uma após a outra – de forma alguma quer admitir que o senhor Klüber possa me causar repugnância e que se eu me casasse com ele não seria por amor, mas para atender aos reiterados pedidos dela... Ela suspeita... de você... de ti; quero dizer, para dizer com franqueza, está certa de que eu te amo... e isso lhe dói mais pelo fato de ainda anteontem essa ideia nem ter passado pela sua cabeça, chegando mesmo a te incumbir de me persuadir... Nesse caso foi estranha a incumbência, não é? Agora ela te... considera astuto, uma raposa, diz que você traiu sua confiança e me previne de que você me trairá...

– Mas, Gemma! – exclamou Sánin. – Acaso não lhe disseste...

– Eu não disse nada! Que direito eu tinha sem antes falar com você?

Sánin ergueu os braços.

– Gemma, eu espero que agora ao menos tu confesses tudo a ela, me leves até ela... Quero provar à tua mãe que eu não sou nenhum embusteiro!

O peito de Sánin inflou-se pelo afluxo de sentimentos ardentes e magnânimos!

Gemma fixou os olhos nele.

– Você quer mesmo ir agora comigo falar com mamãe? Com mamãe que acredita que... que tudo isso entre nós é impossível, e nunca poderá se realizar?

Havia uma palavra que Gemma não se decidia a pronunciar... Ela queimava seus lábios; mas Sánin a pronunciou com prazer.

– Casar contigo, Gemma, ser teu marido... felicidade maior não conheço!

Já não via limite algum nem a seu amor, nem a seus sentimentos elevados, nem a sua decisão.

Ao ouvir essas palavras, Gemma, que se detivera por um instante, apressou o passo... Ela parecia querer fugir dessa tão grande e inesperada felicidade!

Súbito, porém, sentiu tremerem-lhe as pernas. Da esquina da travessa, a poucos passos dela, de chapéu e sobretudo novos, cabelos anelados como um poodle, direto como uma flecha, surgiu o senhor Klüber. Viu Gemma, viu Sánin – e fungando e retesando para trás o tronco flexível, com elegância foi-lhes ao encontro. Sánin pôs-se em guarda; contudo, olhando para o rosto de Klüber, que tentava se dominar e emprestar à expressão de espanto o máximo de desdém e mesmo de pena – olhando para esse rosto vermelho e banal, Sánin sentiu de chofre um assomo de raiva e continuou a avançar.

Gemma agarrou-lhe a mão, com tranquila firmeza entregou-lhe a sua, e encarou diretamente o ex-noivo... Este franziu o cenho, encolheu-se, desviou-se para o lado e murmurou entredentes: "O velho final da canção!" (*Das alte Ende vom Liede!*) – afastou-se com elegância, caminhando em ligeiros saltinhos.

– O que ele disse, o patife? – perguntou Sánin e quis se lançar atrás de Klüber; mas Gemma o deteve e o puxou adiante sem retirar a mão pousada na dele.

A confeitaria Roselli surgiu à frente. Gemma deteve-se mais uma vez.

– Dimitri, *monsieur* Dimitri – disse ela – ainda não entramos, ainda não vimos mamãe... Se você ainda quiser pensar um pouco, se... Você ainda é livre, Dimitri.

Em resposta, Sánin apertou fortemente a sua mão junto ao peito e puxou-a adiante.

– Mamãe – disse Gemma entrando com Sánin no aposento em que estava sentada *Frau* Lenore – eu o trouxe!

XXIX

Se Gemma tivesse declarado que trazia consigo a cólera ou a própria morte, julgamos que *Frau* Lenore não teria recebido a notícia com maior desespero. Imediatamente sentou-se a um canto, rosto voltado para a parede, e desfez-se em lágrimas: lamuriava-se, sem tirar nem pôr, como uma camponesa russa sobre o túmulo do marido ou do filho. No primeiro momento, Gemma perturbou-se tanto que não ousou se aproximar da mãe, ficou parada como uma estátua no meio do cômodo; e Sánin ficou tão confuso que quase derramou lágrimas! Uma hora inteira durou esse pranto inconsolável, uma hora inteira! Pantaleone achou melhor fechar a porta da frente da confeitaria para que nenhum estranho entrasse, embora ainda fosse cedo. O próprio velho sentia-se atônito; mas embora não aprovasse a forma precipitada com que Gemma e Sánin agiam, não se decidia a condená-los e estava pronto a protegê-los em caso de necessidade: detestava Klüber! Emilio considerava-se intermediário entre seu amigo e a irmã, e quase se orgulhava da excelente maneira com que tudo se resolvera! De forma alguma podia compreender por que *Frau* Lenore tanto se atormentava e, no fundo do coração, concluiu que as mulheres, mesmo as melhores, sofrem da falta de perspicácia! Sánin era quem estava pior. *Frau* Lenore subia o tom dos gemidos e o repelia com as mãos, tão logo ele se aproximava dela; em vão, mantendo distância, ele tentou algumas vezes declarar em voz alta: "Peço a mão de sua filha!" *Frau* Lenore lamentava em particular o fato de que "pudesse estar tão cega, que nada percebesse!" "Estivesse vivo o meu Giovan' Battista – repetia entre lágrimas – nada disso teria acontecido!" – "Meu deus, o que é isso? – pensava Sánin – isso tudo é ridículo!" Nem ele ousava olhar para Gemma, nem ela se decidia a erguer os olhos para ele. Limitava-se a cuidar pacientemente da mãe, que no princípio também a repelia...

Por fim, pouco a pouco, a tempestade amainou. *Frau* Lenore parou de chorar e permitiu a Gemma tirá-la do canto em que se havia metido, sentá-la na poltrona perto da janela e servir-lhe água de flor de laranjeira; permitiu a Sánin... não que se aproximasse... oh, não! – mas ao menos que ficasse no aposento (antes exigia todo tempo que se retirasse) e não o interrompeu, quando começou a falar. Sánin imediatamente aproveitou-se da calmaria e revelou extraordinária capacidade oratória: talvez não soubesse expor seus propósitos e sentimentos com tamanho entusiasmo e convicção diante da própria Gemma. Esses sentimentos eram os mais sinceros e esses propósitos os mais puros, como os de Almaviva no *Barbeiro de Sevilha*. Não escondeu nem de *Frau* Lenore, nem de si mesmo o lado desvantajoso de suas intenções; mas essas desvantagens eram apenas aparentes! É verdade: ele é estrangeiro, conheceram-no há pouco, não sabem nada de positivo nem sobre a sua pessoa, nem sobre os seus recursos; mas ele está pronto a apresentar todas as provas necessárias de que ele é um homem de bem e não pobre; invocou os testemunhos fidedignos de seus compatriotas. Esperava que Gemma fosse feliz em sua companhia e saberia minorar-lhe a dor da separação de seus parentes!... A menção da palavra separação – apenas essa palavra: "separação" – quase estragou todo o negócio... *Frau* Lenore estremeceu toda e agitou-se... Sánin apressou-se a observar que a separação seria apenas temporária, e que, enfim, talvez nem mesmo ocorresse!

A oratória de Sánin produziu frutos. *Frau* Lenore começou a olhá-lo, embora ainda amargurada e com ar de censura, mas já sem a repulsa e a raiva de antes; em seguida, permitiu que se aproximasse e até mesmo que se sentasse perto dela (Gemma sentou-se do outro lado). Começou, então, a censurá-lo, não só com o olhar, mas com palavras, o que indicava que o seu coração já se abrandava; pôs-se a queixar-se e seus lamentos tornavam-se cada vez mais baixos e brandos; eram entrecortados de perguntas dirigidas ora à filha, ora a Sánin; depois, permitiu ao rapaz que lhe pegasse na mão e não a retirou imediatamente... chorou novamente – mas com lágrimas já bem diferentes... sorriu tristemente e lamentou a ausência de Giovan' Battista, mas agora em sentido diverso do anterior... Mais um instante se passou, e ambos os criminosos, Sánin e Gemma, já estavam ajoelhados a seus pés e ela lhes punha alternadamente a mão sobre a cabeça; outro momento se passou e eles já a abraçavam e beijavam, e Emilio, com a fisionomia brilhando de alegria, entrava correndo no aposento e também se atirava ao grupo.

Pantaleone espiou para dentro do cômodo, deu uma risota e ao mesmo tempo franziu o cenho – dirigindo-se à confeitaria, abriu a porta da frente.

XXX

A passagem do desespero à tristeza e desta a uma calma resignação aconteceu bastante rápido em *Frau* Lenore; contudo, também essa calma resignação não tardou a transformar-se em contentamento secreto, embora contido e dissimulado a bem do decoro.

Frau Lenore gostara de Sánin desde o primeiro dia em que o conhecera; admitindo a ideia de que seria seu genro, já não encontrava nele nada em particular que lhe desagradasse, embora considerasse um dever conservar uma expressão um tanto ofendida... mais precisamente preocupada. Além do mais, tudo o que acontecera nos últimos dias fora tão inesperado... uma coisa atrás da outra. Como mulher prática e mãe, Frau Lenore também julgou que devia submeter Sánin a um interrogatório; e Sánin, que ao dirigir-se de manhã para o encontro com Gemma não tinha nem ideia de que se casaria com ela – na verdade nem pensava nisso, apenas entregava-se ao impulso da sua paixão – com prontidão e, pode-se dizer, com entusiasmo pôs-se a representar seu papel, papel de noivo, e a todas as perguntas respondia de forma circunstanciada, detalhadamente e de boa vontade. Após certificar-se de que Sánin era fidalgo autêntico e inato, e mesmo admirada de que não fosse um príncipe, *Frau* Lenore assumiu expressão séria e "preveniu-o de antemão" de que seria com ele totalmente franca, sem-cerimônia, porque a isso era obrigada pelo seu sagrado dever de mãe! – a que o rapaz respondeu que não esperava outra coisa dela, e ele mesmo lhe pedia encarecidamente que não o poupasse.

Frau Lenore, então, observou que o senhor Klüber (ao pronunciar esse nome suspirou levemente, contraiu os lábios e gaguejou) – o senhor Klüber, o ex-noivo de Gemma, possuía já naquele momento oito mil florins de renda – e de ano a ano essa quantia aumentaria rapidamente, mas e quanto a ele, senhor Sánin, qual sua renda?

– Oito mil florins – repetiu lentamente Sánin... – Isso em nossa moeda dá cerca de quinze mil rublos em notas de banco... Minha renda é bem menor. Tenho uma pequena propriedade na província de Tula... Com uma boa administração ela pode render – e necessariamente renderá – em torno de cinco ou seis mil... E se eu ingressar para o serviço público poderei facilmente conseguir uns dois mil de honorários.

– Seviço público na Rússia? – exclamou *Frau* Lenore. – Eu, então, vou ter de me separar de Gemma!

– Posso conseguir uma carreira diplomática – atalhou Sánin –, tenho certas relações... Então servirei no estrangeiro. Ou então, veja o que também pode ser feito – isto é ainda melhor que tudo: vender a propriedade e empregar o capital apurado em alguma empresa lucrativa, por exemplo, no aperfeiçoamento da sua confeitaria. Sánin sentia que dizia algo incongruente, mas estava dominado por um arrojo que nem mesmo compreendia! Bastava olhar para Gemma, que no momento em que começaram os entendimentos "práticos" levantava-se vez por outra, andava pelo aposento, sentava-se novamente – bastava olhar para ela, e nada para ele constituía obstáculo, estava pronto a providenciar tudo imediatamente e da melhor forma possível, contanto que ela não se preocupasse!

– O senhor Klüber também queria me dar uma pequena soma para por em ordem a confeitaria – acrescentou *Frau* Lenore após curta vacilação.

– Mamãe! Pelo amor de Deus! Mamãe! – exclamou Gemma em italiano.

– Sobre essas coisas é preciso falar com antecipação, minha filha – respondeu-lhe *Frau* Lenore na mesma língua.

Voltou-se novamente para Sánin e pôs-se a lhe fazer perguntas sobre as leis existentes na Rússia que regulam o casamento e se não havia restrições ao casamento com católicos, como na Prússia (naquele tempo, na década de 40, toda a Alemanha ainda se lembrava da disputa entre o governo prussiano e o arcebispo de Colônia por motivo de casamentos mistos). Quando, porém, *Frau* Lenore ouviu que, casando com um nobre russo, sua filha se tornaria também nobre, manifestou uma certa satisfação.

– Mas então, você deverá ir primeiro à Rússia?

– Para quê?

– Como assim? Para receber permissão do seu governo...?

Sánin explicou-lhe que era totalmente desnecessário... mas que talvez tivesse mesmo de fazer uma pequena viagem à Rússia antes do casamento (disse essas palavras e sentiu uma pontada no coração; Gemma, que olhava para ele, percebeu, enrubesceu e ficou pensativa) – e que procuraria aproveitar sua permanência na pátria para vender a propriedade... em todo caso, enviaria de lá o dinheiro necessário.

– Também lhe pediria que trouxesse de lá uma boa pelica de Astrakhan para uma mantilha – disse *Frau* Lenore. – Dizem que as de lá são excelentes e muito baratas!

– Sem falta e com o maior prazer trarei para a senhora e para Gemma! – exclamou Sánin.

– E para mim um gorro de marroquim bordado a prata – interpôs Emilio enfiando a cabeça pela porta do cômodo contíguo.

– Está bem, trarei também para você... e chinelos para Pantaleone.

– Mas a que vem tudo isso? – observou *Frau* Lenore – estávamos falando de coisas sérias. Há outro ponto – acrescentou o espírito prático da dama – Você diz: vender a propriedade. Mas como o fará? Você, então, venderá também os camponeses?

Sánin sentiu uma pontada no estômago. Lembrou-se de que, ao conversar com a senhora Roselli e sua filha sobre a servidão, a qual, pelas suas palavras, lhe causava profunda indignação, por mais de uma vez lhes afirmara que jamais e por nada venderia seus camponeses, porque considerava semelhante venda um negócio imoral.

– Procurarei vender minha propriedade a alguém que eu saiba que é uma pessoa de boa índole – pronunciou, não sem gaguejar – ou, talvez, os próprios camponeses queiram resgatá-la.

– Isso seria o melhor – concordou *Frau* Lenore. – Mas isso de vender gente viva...

– *Barbari*! – resmungou Pantaleone que, como Emilio, enfiou a cabeça pela porta, sacudiu a peruca e desapareceu.

"É repugnante!", pensou consigo Sánin – e olhou de soslaio para Gemma. Ela parecia não ter escutado suas últimas palavras. "Bem, paciência!", pensou de novo.

Dessa forma continuou o entendimento prático até quase a hora do almoço. *Frau* Lenore, ao final, já estava bem mansa – e até mesmo chamava Sánin de Dimitri, carinhosamente o ameaçava com o dedo e prometia vingar-se de sua astúcia. Fez muitas perguntas e indagou muitos detalhes acerca de seus parentes, porque "também é muito importante"; exigiu também que ele lhe descrevesse a cerimônia de casamento, como era feita segundo os costumes da igreja russa, e de antemão admirou Gemma de vestido branco, com uma coroa de ouro na cabeça.

– Isso porque é bela como uma rainha – disse com orgulho maternal –, outra rainha como ela não há no mundo!

– Outra Gemma não há no mundo! – acrescentou Sánin.

– Sim; por isso é Gemma! (É sabido que em italiano Gemma significa pedra preciosa.)

Gemma precipitou-se para beijar a mãe... Parecia que só agora respirava, livre do peso que oprimia sua alma.

E Sánin sentiu-se de repente muito feliz, uma alegria infantil encheu-lhe o coração ao pensar que iriam tomar corpo, que iriam se realizar os sonhos a que recentemente se entregara ali mesmo naqueles cômodos; tudo isso o comoveu a tal ponto, que rapidamente dirigiu-se à confeitaria; sentiu um desejo premente de, custasse o que custasse, atender ao balcão, como há alguns dias... "Eu agora tenho esse direito! Agora sou da família!"

E ele de fato se pôs ao balcão e de fato comerciou, ou seja, vendeu a duas moças que entraram uma libra de doces, mas pesou duas e só cobrou a metade do valor.

Ao almoço, ele, como noivo, sentou-se ao lado de Gemma. *Frau* Lenore continuou com suas considerações práticas. Emilio de vez em quando ria e insistia com Sánin para que o levasse à Rússia. Decidiu-se que Sánin partiria dentro de duas semanas. Apenas Pantaleone exibia certa tristeza, e mesmo assim *Frau* Lenore o censurou: "E ainda foi o padrinho!" – Pantaleone olhou de soslaio.

Gemma manteve-se em silêncio quase o tempo todo, mas nunca seu rosto esteve tão belo e radiante. Após o almoço, chamou Sánin para o jardim por um minuto e, detendo-se perto daquele mesmo banco em que três dias antes escolhia cerejas, lhe disse:

– Dimitri, não se zangue comigo; mas ainda uma vez quero te lembrar que não deves considerar-te comprometido...

Ele não permitiu que ela falasse...

Gemma afastou o rosto.

– E quanto ao que mamãe mencionou... lembras-te? Sobre a diferença de nossa crença, pois olhe!..

Agarrou a pequena cruz de granada que lhe pendia ao pescoço por um fino cordão, puxou com força, rompendo-o – e lhe deu.

– Se sou tua, então a tua fé é também a minha!

Os olhos de Sánin ainda estavam úmidos, quando ambos retornaram à casa.

À noite tudo voltou à rotina. Até *tressette* jogaram.

XXXI

Sánin acordou bem cedo no dia seguinte. Encontrava-se no mais alto grau de felicidade humana; contudo, não era isso que o impedia de dormir, e sim uma questão vital e decisiva: de que maneira venderia sua propriedade o mais rápido e o mais lucrativamente possível – isso perturbava sua tranquilidade. Em sua cabeça, cruzavam-se os planos mais diversos, mas nada ainda estava claro. Saiu de casa para tomar ar, refrescar as ideias. Com um projeto pronto – e não de outra forma – desejava apresentar-se diante de Gemma.

Que tipo é aquele tão corpulento e de pernas grossas, aliás muito bem vestido, que segue à sua frente gingando e mancando levemente? Onde já vira aquela nuca coberta de tufos de estopa, aquela cabeça que parecia plantada diretamente sobre os ombros, aquelas costas flácidas e obesas, aqueles braços rechonchudos e frouxamente pendentes? Seria Pólozov, o velho colega do colégio interno, que há cinco anos perdera de vista? Sánin ultrapassou a figura que andava à sua frente, voltou-se para ela... aquele rosto amarelado e largo, olhos suínos miúdos com pestanas e sobrancelhas brancas, nariz chato e curto, lábios tão cheios que pareciam grudar-se, queixo redondo e sem pelos, e a expressão de todo o rosto: azeda, preguiçosa e desconfiada – sim, isso mesmo: era ele, Ippolit Pólozov!

"Será que é a minha estrela de novo?", passou-lhe rápido pela cabeça.

– Pólozov! Ippolit Sídoritch! É você?

O tipo se deteve, ergueu os olhinhos minúsculos, esperou um pouco e, desgrudando por fim os lábios, pronunciou com voz rouquenha, de falsete:

– Dmitri Sánin?

– Em carne e osso! – exclamou Sánin, e apertou uma das mãos de Pólozov, que continuavam inertemente estendidas ao longo dos proeminentes quadris. – Estás há muito tempo por aqui? De onde vieste? Onde estás hospedado?

– Cheguei ontem de Wiesbaden – respondeu Pólozov sem pressa. – Vim fazer compras para minha mulher e retorno ainda hoje.

– Ah, sim! Estás casado... dizem que com uma beldade! Pólozov desviou os olhos para os lados.

– Sim, dizem.

Sánin riu.

– Estou vendo que ainda és o mesmo fleumático da época do internato.

– E para que mudar?

– E dizem – acrescentou Sánin acentuando especialmente a palavra "dizem" – que tua mulher é muito rica.

– Dizem isso também.

– E tu mesmo, Ippolit Sídoritch, acaso não o sabes?

– Eu, irmão Dmitri... Pávlovitch? – sim, Pávlovitch! Não me meto nos negócios da mulher.

– Não te metes? Em nenhum negócio?

Pólozov novamente desviou os olhos.

– Em nenhum, irmão. Ela tem a vida dela... e eu a minha.

– Aonde então estás indo agora? – perguntou Sánin.

– Agora não estou indo a parte alguma; estou parado na rua e converso contigo; quando terminarmos, voltarei ao meu hotel para um repasto.

– Queres minha companhia?

– Quer dizer, para a refeição?

– Sim.

– Faça o favor; a dois é bem mais alegre. Não és tagarela?

– Não creio.

– Então, está bem.

Pólozov moveu-se adiante, Sánin acompanhou-o. Observando essa figura – os lábios de Pólozov estavam novamente grudados e o amigo, em silêncio, resfolegava e gingava – Sánin pensou: "como esse toleirão conseguiu agarrar uma mulher bela e rica? Ele próprio não é rico, nem importante, nem inteligente; no internato, passava por molenga e obtuso, indolente e glutão – era chamado de 'babão'. É um milagre!"

"Mas se a mulher dele é muito rica – dizem ser filha de um grande comerciante – será que não compraria a minha propriedade? Apesar de afirmar que não se mete nos assuntos da mulher, não dá para acreditar que isso seja verdade. Além disso, posso fazer um preço conveniente, um preço vantajoso! Por que não tentar? Quem sabe tudo isso não é a minha estrela... Decidido! Vou tentar!"

Pólozov levou Sánin a um dos melhores hotéis de Frankfurt, no qual ocupava, é claro, o melhor apartamento. As mesas e cadeiras estavam abarrotadas de papelões, caixas, embrulhos... "Tudo isso, irmão, são compras para Maria Nikoláievna!" (assim se chamava a mulher de Ippolit Sídoritch). Pólozov deixou-se cair numa poltrona, gemeu: "Que calor!" e desatou a gravata. Em seguida chamou o *maître* e encomendou-lhe, com detalhes, uma refeição abundante. "E que à uma hora o coche esteja pronto! Ouça, exatamente à uma hora!".

O *maître* inclinou-se, servil, e desapareceu.

Pólozov desabotoou o colete. Pelo modo como ergueu as sobrancelhas, bufou e franziu o nariz, podia-se perceber que falar lhe era muito penoso e, assim, conjeturava, não sem alguma inquietação, se Sánin o obrigaria a mover a língua, ou se ele mesmo se daria ao trabalho de conduzir a conversa.

Sánin percebeu o estado de espírito do amigo e por isso não o crivou de perguntas; limitou-se ao mais indispensável; soube, então, que por dois anos ele exercera função pública (entre os ulanos![33] Deve ter ficado bonitinho naqueles uniformes curtinhos!); que se casara há três anos – e que há dois estava fora do país com a mulher, "a qual, agora, se curava de uma doença qualquer em Wiesbaden" – e que de lá iriam a Paris. Sánin, igualmente, pouco se alongou sobre seu passado e seus planos; abordou logo o principal – ou seja, falou de sua intenção de vender a propriedade.

Pólozov escutava-o em silêncio, vez por outra dava uma olhada para a porta, de onde deveria surgir o lauto repasto. A refeição surgiu por fim. O *maître*, acompanhado de mais dois criados, trouxe alguns pratos cobertos por tampas de prata.

– A propriedade é na província de Tula? – indagou Pólozov, sentando-se à mesa e enfiando o guardanapo no colarinho da camisa.

---

33 Soldados de cavalaria do exército.

— Sim, Tula.

— Distrito de Iefriémov... Conheço.

— Conheces a minha Aleksiéievka? — perguntou Sánin, também se sentando à mesa.

— Ora se conheço! — Pólozov enfiou boca a dentro um pedaço de omelete com trufas. — Maria Nikoláievna, minha mulher, tem uma propriedade vizinha... Abra essa garrafa, garçon! A terra é boa, mas os teus mujiques derrubaram as matas. Por que queres vender?

— Preciso de dinheiro, irmão. Estou vendendo barato. Se quiseres comprar... está às ordens.

Pólozov tragou um copo de vinho, limpou a boca no guardanapo e voltou a mastigar — vagaroso e barulhento.

— Humm, bem — proferiu ao final. — Terras eu não compro: não tenho capital. Passa a manteiga. Talvez minha mulher compre. Fale com ela. Se não pedires muito, ela certamente não desprezará... Mas que asnos esses alemães! Não sabem preparar peixe. O que pode ser mais simples? E ainda dizem: "A Vaterland deve ser unificada". Ei, garçon, leve essa porcaria!

— É tua mulher mesmo... que administra os negócios? — perguntou Sánin.

— Ela mesma. Olha, as costeletas estão boas. Recomendo. Já te disse, Dmitri Pávlovitch, que não me meto nos negócios da minha mulher, e repito isso.

Pólozov continuava a mastigar ruidosamente.

— Hum... mas como poderei falar com ela, Ippolit Sídoritch?

— Muito simples, Dmitri Pávlovitch. Vá a Wiesbaden. Não é longe daqui. Garçon, vocês não têm mostarda inglesa? Não? Animais! Apenas não perca tempo. Nós partimos depois de amanhã. Permita que te encha o cálice com esse vinho aromático, não é ácido.

O rosto de Pólozov animou-se e enrubesceu, o que só ocorria nos momentos em que comia... ou bebia.

— Na realidade... não sei como arranjar isso — murmurou Sánin.

— Por que tanta pressa e tão de repente?

— Justamente, muita pressa e de repente, irmão.

— É uma soma grande a que precisas?

— Grande. Eu... como te dizer? Eu pretendo... me casar.

Pólozov colocou na mesa o cálice que ia levar aos lábios.

— Casar! — proferiu com voz rouca de espanto, e cruzou as mãos gordas sobre o estômago. — É preciso tanta pressa assim?

— Sim... é para logo.

— A noiva está na Rússia, eu suponho.

— Não, não está na Rússia.

— Onde, então?

— Aqui, em Frankfurt.

— E quem é?

— Alemã, isto é, italiana. Vive aqui.

— Tem dinheiro?

— Não.

— Quer dizer que o amor é muito forte?

— Engraçado, você! Sim, é forte.

— E é para isso que precisas do dinheiro?

— Bem, sim... sim, sim.

Pólozov tragou o vinho, limpou a boca e lavou as mãos, secando-as bem no guardanapo, e em seguida acendeu um charuto. Sánin o observava em silêncio.

— Há um meio — mugiu por fim Pólozov, atirando a cabeça para trás e soltando uma baforada fina de fumaça — Procure minha mulher. Ela, se quiser, pode te tirar de todos os apuros.

— Mas como posso ver a tua mulher se dizes que partirão depois de amanhã?

Pólozov fechou os olhos

— Ouça o que vou te dizer — concluiu, enfim, girando o charuto com os lábios e dando um suspiro. — Vá à tua casa, arruma-te ligeiro e volta aqui. À uma hora eu partirei, o meu coche é espaçoso, posso te levar comigo. É melhor assim. Agora, vou tirar um cochilo. Eu, irmão, como dizemos nas canções, não dispenso uma soneca. A natureza exige e não me oponho. Deixe-me agora.

Sánin pensou, pensou — e súbito levantou a cabeça: decidiu-se!

— Está bem, concordo e te agradeço. Estarei aqui às quinze para uma e iremos juntos a Wiesbaden. Espero que tua mulher não se zangue...

Mas Pólozov já resfolegava. Murmurou: "Me deixe!", balançou as pernas e adormeceu como uma criança.

Sánin uma vez mais olhou sua volumosa figura, sua cabeça, pescoço, seu queixo redondo como maçã e erguido para cima. Ao sair do hotel, dirigiu-se a passos largos à confeitaria Roselli. Era preciso prevenir Gemma.

XXXII

Encontrou-a na loja com a mãe. *Frau* Lenore, curvada, media com um pequeno metro dobradiço o espaço entre as janelas. Ao ver Sánin, endireitou-se e saudou-o alegremente, embora não sem certo embaraço.

– Desde que conversamos ontem – começou ela – giram pensamentos na minha cabeça de como melhorar a nossa loja. Aqui, por exemplo, pretendo colocar dois armarinhos com prateleiras espelhadas. Agora está na moda, como sabe. E depois, ainda...

– Excelente, excelente – atalhou Sánin –, é preciso pensar sobre todas essas coisas. Mas venham cá, tenho que comunicar algo a vocês.

Tomou *Frau* Lenore e Gemma pela mão e as conduziu ao aposento contíguo. *Frau* Lenore assustou-se e deixou cair o metro. Gemma também quase se assustou, mas olhou fixamente Sánin e se tranquilizou. O rosto do rapaz, embora preocupado, expressava ao mesmo tempo entusiasmo e firmeza.

Pediu às mulheres que se sentassem, mas ficou de pé diante delas e, brandindo os braços até desgrenhar os cabelos, comunicou-lhes tudo: o encontro com Pólozov, a viagem a Wiesbaden e a possibilidade de vender a propriedade.

– Imaginem a minha sorte! – exclamou por fim. – As coisas estão tomando tal rumo, que talvez eu nem precise, afinal, ir à Rússia! E poderemos celebrar o casamento mais cedo do que eu supunha!

– Quando vai partir? – perguntou Gemma.

– Hoje mesmo, dentro de uma hora; meu amigo alugou um coche e me levará.

– Você nos escreverá?

– Sem falta! Assim que falar com a dama, escrevo imediatamente.

– Essa dama, pelo que o senhor diz, é muito rica? – indagou a prática *Frau* Lenore.

– Muitíssimo! O pai era milionário e deixou tudo para ela.

– Tudo... só para ela? Bem, que sorte a sua. Mas não vá vender muito barato a sua propriedade! Seja sensato e firme. Não se deixe enganar! Eu entendo seu desejo de ser o quanto antes marido de Gemma... mas, antes de mais nada, seja cauteloso! Não se esqueça: quanto mais caro vender a propriedade, tanto mais sobrará para ambos e para os seus filhos.

Gemma virou o rosto e Sánin agitou novamente os braços.

– Pode estar certa de que serei cauteloso, *Frau* Lenore! Não me porei a regatear. Fixarei o preço real: se aceitar, ótimo; se não aceitar, que vá com Deus.

– Conhece... essa dama? – perguntou Gemma.

– Nunca a vi.

– E quando voltará?

– Se o negócio não der em nada, depois de amanhã; se for adiante, talvez eu tenha que ficar ainda mais um dia ou dois. Em todo caso, não perderei nenhum minuto, pois estou deixando aqui meu coração! Bem, já disse tudo a vocês, ainda te-

nho que correr em casa antes da viagem. Dê-me sua mão para que traga sorte, *Frau* Lenore. Na Rússia sempre fazemos assim.
– A direita ou a esquerda?
– A esquerda, que é a mais próxima do coração. Volto depois de amanhã, vencedor ou vencido! Algo me diz que voltarei vencedor! Adeus, minhas boas e queridas...

Abraçou e beijou *Frau* Lenore; quanto a Gemma, pediu para acompanhá-la ao seu quarto por um minutinho, porque desejava dizer-lhe algo muito importante. Queria apenas se despedir dela a sós. *Frau* Lenore compreendeu e não se mostrou curiosa em saber que assunto importante era esse...

Sánin nunca antes estivera no quarto de Gemma. Todo o encanto do amor, o fogo, o enlevo e doce temor abrasaram-no e inundaram-lhe a alma assim que transpôs os umbrais secretos... Lançou um olhar enternecido ao redor, caiu aos pés da amada e apertou o rosto contra o seu corpo.

– És meu? – balbuciou ela. – Voltarás logo?
– Sou teu... e voltarei – afirmou ele ofegante.
– Estarei te esperando, meu querido!

Alguns instantes depois, Sánin já corria pela rua em direção ao seu hotel. Nem notou que atrás dele, da porta da confeitaria, todo desgrenhado, surgira Pantaleone – gritara-lhe algo, sacudindo a mão alta, como se o ameaçasse.

Exatamente às quinze para uma Sánin apareceu diante de Pólozov. Defronte do hotel já se postava o coche, atrelado a quatro cavalos. Ao ver Sánin, Pólozov apenas pronunciou: "Ah! Decidiu-se?", pôs o chapéu, o capote e as galochas, tapou os ouvidos com algodão, embora ainda fosse verão, e saiu ao alpendre. Os criados, por ordem sua, colocaram no interior do coche todas as suas numerosas compras, cumularam o assento de almofadas de seda, sacos e embrulhos, colocaram aos pés uma caixa com provisões e amarraram a mala à boleia. Pólozov recompensou-os com boas gorjetas, subiu ao coche gemendo, embora ajudado respeitosamente pelo porteiro, sentou-se, amarrotando tudo o que estava em volta, escolheu e acendeu um charuto, e só então fez um sinal com o dedo a Sánin: "Suba também!" Sánin sentou-se ao lado dele. Pólozov, através do porteiro, ordenou ao cocheiro que viajasse com cuidado se quisesse receber gorjeta. Rangeram os estribos, as portas se fecharam com estrépido e o coche pôs-se em marcha.

XXXIII

Atualmente, a viagem de Frankfurt a Wiesbaden pela estrada de ferro dura menos de uma hora; naquela época a posta-expressa levava umas três horas. Trocavam-se os cavalos umas cinco vezes. Pólozov ora cochilava, ora balançava-se com o charuto entre os dentes, falava muito pouco; não olhou nenhuma vez pela janelinha: não se interessava pela paisagem e até mesmo declarou que para ele "a natureza era a morte!". Sánin também se mantinha em silêncio e não admirava a paisagem: não estava para isso. Entregava-se às reflexões e lembranças. Nas estações de posta, Pólozov pagava pontualmente pelas horas e recompensava menos ou mais aos chefes das estações, segundo o zelo que demonstravam. A meio caminho, tirou da caixa de víveres duas laranjas e, após escolher a melhor, ofereceu a outra a Sánin. Este olhou atentamente para o companheiro e, súbito, desatou a rir.

– O que há contigo? – perguntou Pólozov descascando cuidadosamente a laranja com suas unhas curtas e brancas.

– O que há? – repetiu Sánin. – É essa nossa viagem.

– O que tem? – perguntou Pólozov, pondo na boca um gomo da laranja.

– É muito estranha. Ontem, confesso que eu pensava tanto em ti, quanto no imperador da China, e hoje viajo contigo para vender minha propriedade a tua mulher, que eu não faço ideia de quem seja.

– Tudo acontece nesse mundo – respondeu Pólozov. – Ainda verás muitas coisas. Por exemplo, podes me imaginar bancando a ordenança? Pois exerci essa função sob as ordens do grão-duque Mikhail Pávlovitch: "A trote, a trote esse porta-corneta gorducho! Mais depressa!".

Sánin coçou a orelha.

– Diga-me, por favor, Ippolit Sídoritch, como é tua mulher? Como é o seu caráter? É importante que eu saiba.

– Ele gostava de comandar: "A trote!" – atalhou Pólozov com brusca irritabilidade. – Quanto a mim... como iria suportar? Pensei: fique com suas divisas e dragonas, e vá com Deus! Foi assim... Perguntavas sobre minha mulher? Que tal é ela? Uma pessoa como as outras. Não lhe ponha o dedo na cara, ela não gosta disso. O principal é falar um pouco... fazê-la rir de algo. Conte-lhe sobre o teu amor, mas de maneira divertida.

– Como divertida?

– Assim mesmo. Tu me contaste que estás apaixonado e queres te casar. Bem, descreva isso para ela.

Sánin ofendeu-se.

– O que há de engraçado nisso?

Pólozov apenas desviou os olhos. O sumo da laranja escorreu-lhe pelo queixo.

– Foi tua mulher que te enviou a Frankfurt para fazer compras? – perguntou Sánin após uma pausa.

– Ela mesma.

– Que compras?
– Não é segredo: brinquedos.
– Brinquedos? Tens filhos?

Pólozov chegou a se afastar de Sánin.

– Ora essa! Por que cargas d'água eu iria ter filhos? São atavios, roupas de mulher, artigos de toucador.
– E entendes do assunto?
– Entendo.
– Como então dizes que não te metes nas coisas da tua mulher?
– Em outros assuntos não me meto. Mas esse não é de grande importância. Serve como distração. E minha mulher confia no meu gosto. E sei regatear.

Pólozov começava a gaguejar; estava cansado.

– E tua mulher é muito rica?
– É rica, rica. Principalmente para si mesma.
– Por outro lado, ao que parece, não podes te queixar.
– Sou o marido. Como não haveria de aproveitar? E lhe sou bem útil! Um achado para ela! Uma tranquilidade.

Pólozov enxugou o rosto com o fular e encasulou-se. Parecia dizer: "Poupa-me, não me obrigues a pronunciar nem mais uma palavra. Percebes o quanto me custa".

Sánin deixou-o sossegado e novamente mergulhou em reflexões.

O hotel de Wiesbaden, diante do qual o coche se deteve, parecia-se muito com um palácio. Sinetas logo soaram no seu interior e começou uma azáfama, um corre-corre; criados gentis em fraques pretos correram para a entrada principal; um porteiro irradiando cor de ouro abriu com ímpeto as portinholas do coche.

Com ar triunfal, Pólozov desceu e começou a caminhar pela escada coberta de tapetes e perfumada. Veio voando até ele um sujeito também muito bem vestido, mas com fisionomia russa – seu camareiro. Pólozov observou-lhe que daquele momento em diante passaria a levá-lo sempre consigo, porque na véspera, em Frankfurt, deixaram-no, a ele, Pólozov, de noite sem água quente! O camareiro fez uma expressão de horror e, inclinando-se agilmente, tirou as galochas do bárin.[34]

– Maria Nikoláievna está? – inquiriu Pólozov.

– Sim, senhor. Veste-se para almoçar com a condessa Lassúnskaia.

– Ah! Com ela! Basta. Tenho muitas coisas na carruagem, vá buscá-las. Quanto a ti, Dmitri Pávlovitch – acrescentou Pólozov –, tome um aposento e vem dentro de três quartos de hora. Almoçaremos juntos.

Pólozov deslizou adiante e Sánin pediu um aposento simples – e, após pôr em ordem sua roupa e descansar um pouco, dirigiu-se ao grande apartamento ocupado por sua alteza (*Durchlaucht*), o príncipe von Pólozof.

Encontrou o "príncipe" sentado numa luxuosíssima poltrona de veludo no meio de um magnífico salão. O amigo fleumático de Sánin já tomara banho e vestia um riquíssimo roupão de cetim; à cabeça trazia uma touca carmesim. Sánin aproximou-se dele e por alguns instantes o observou. Pólozov, imóvel como um ídolo, sequer virou o rosto em sua direção, moveu uma sobrancelha ou produziu um som. O espetáculo era verdadeiramente grandioso! Depois de admirá-lo por uns

---

34 Senhor, patrão.

dois minutos, Sánin quis falar, quebrar aquele silêncio sagrado, quando subitamente a porta do quarto ao lado abriu-se e no limiar surgiu uma dama jovem e bela em um vestido de seda branco com rendas pretas, com brilhantes nas mãos e no pescoço – a própria Maria Nikoláievna Pólozova. Os cabelos espessos e castanho-claros caíam-lhe de ambos os lados da cabeça em tranças soltas.

XXXIV

— Ah, desculpe! – disse ela com um sorriso misto de perturbação e zombaria, pegando instantaneamente a ponta de uma das tranças, e fixando em Sánin seus olhos de cor cinza, grandes e iluminados – não pensei que já tivesse chegado.

— Sánin, Dmitri Pávlovitch, meu amigo de infância – pronunciou Pólozov ainda sem olhar para ele e sem se levantar, mas apontando-o com o dedo.

— Sim... sei.... Já me disseste. Muito prazer. Mas eu queria te pedir, Ippolit Sídoritch... Minha camareira hoje está atrapalhada...

— Arrumar teus cabelos?

— Sim, sim, por favor. Desculpe – repetiu Maria Nikoláievna com o mesmo sorriso de antes; fez um gesto com a cabeça a Sánin e, voltando-se rapidamente, desapareceu pela porta, deixando atrás de si a impressão fugaz, mas elegante, do belo pescoço, dos ombros maravilhosos e do seu magnífico perfil. Pólozov ergueu-se e, gingando pesadamente, seguiu-a pela porta.

Sánin nem por um momento duvidou de que sua presença no salão do "príncipe Pólozov" era de total conhecimento da própria dona da casa; toda bazófia consistia em exibir seus cabelos, que realmente eram belos. Sánin interiormente chegou a se alegrar com o estratagema da senhora Pólozova: "Se quiseram me impressionar, brilhar diante de mim", pensou, "talvez, quem sabe? Serão complacentes com respeito ao preço da propriedade". Sua alma estava tão repleta da imagem de Gemma, que todas as outras mulheres não tinham para ele qualquer significação: mal as notava; e desta vez limitou-se a pensar consigo mesmo: "Sim, falaram a verdade: essa senhora é realmente bonita!".

Não estivesse ele em estado de espírito tão excepcional, teria, provavelmente, se expressado de outra forma: Maria Nikoláievna Pólozova, nascida Kolíchkina, era uma figura atrativa. Não que fosse de uma beleza extraordinária, pois nela manifestavam-se bem claramente os traços de sua origem plebeia. Sua testa era estreita, o nariz um tanto carnudo e arrebitado; não podia se gabar nem da finura da pele, nem da elegância dos braços e das pernas – mas que significava tudo isso? Não era diante do "santuário da beleza", para empregar as palavras de Púchkin, que se detinham todos os que se encontravam com ela, e sim perante a fascinação de um corpo de mulher vigoroso, florescente, um tanto russo, um tanto cigano... e não era involuntariamente que se detinham!

No entanto, a imagem de Gemma defendia Sánin como a tríplice couraça de que falam os poetas.

Passados uns dez minutos, Maria Nikoláievna surgiu novamente acompanhada pelo marido. Ela aproximou-se de Sánin... e seu andar era tal, que só por causa dele certos excêntricos de uma época passada, felizmente já bem distante, ficariam loucos. "Essa mulher, quando anda até você, traz ao seu encontro toda a felicidade da vida", teria dito algum desses cavalheiros. Ela se aproximou de Sánin e, estendendo-lhe a mão, pronunciou em russo em tom carinhoso e algo discreto: "Vai esperar por mim, não é? Voltarei logo."

Sánin inclinou-se respeitosamente, mas Maria Nikoláievna já desaparecia sob o reposteiro da porta principal, e de novo olhava para trás através do ombro, e outra vez sorria, deixando atrás de si a mesma impressão de refinamento.

Quando sorria, formavam-se não uma ou duas, mas três covinhas em cada uma de suas faces, os olhos sorriam mais que os lábios, aqueles lábios escarlates, longos e deliciosos, com duas minúsculas pintas do lado esquerdo.

Pólozov se precipitou no aposento e de novo aboletou-se na poltrona. Continuava em silêncio, mas um sorriso estranho vez por outra lhe crispava as faces pálidas e já enrugadas.

Estava envelhecido, embora fosse apenas três anos mais velho que Sánin.

O almoço com que regalou seu hóspede satisfaria naturalmente o gastrônomo mais exigente, porém a Sánin pareceu infinito e insuportável! Pólozov comia lentamente "com sentimento, proveito e disposição", inclinando-se atentamente sobre o prato, cheirando quase todo bocado; primeiro gargarejava na boca o vinho, depois o engolia e estalava os lábios... Na hora dos pratos quentes, súbito começou a falar – mas, sobre o quê? Sobre o gado merino, do qual pretendia encomendar todo um rebanho – e falava com tantos detalhes, com tanta ternura, empregando sempre diminutivos... Após tomar uma xícara de café, quente como água fervente (por várias vezes, com voz irritada e chorosa, lembrou ao garçon que na véspera lhe haviam servido café frio, frio como gelo!), e após saborear um charuto Havana entre os dentes amarelos e tortos, como de hábito começou a cochilar, para a alegria de Sánin, que começou a andar para frente e para trás em passos silenciosos pelo tapete macio, sonhando com a vida futura que teria com Gemma e com a notícia que levaria para ela. No entanto, Pólozov despertou mais cedo que de costume, conforme sua própria observação – cochilou apenas meia horinha. Depois de tomar um copo de água de Seltz com gelo e engolir umas oito colheres de doce, doce russo que o camareiro lhe trouxera em uma lata verde-escura legítima de Kiev, e sem o qual, segundo suas palavras, não podia viver – fixou os olhos inchados em Sánin e perguntou-lhe se não gostaria de jogar "burro" com ele. Sánin concordou de boa vontade; temia que Pólozov voltasse a falar de carneiros, de animais e raças. Ambos, o anfitrião e o hóspede, passaram à sala de visitas; o criado trouxe as cartas e o jogo começou, mas, claro, não a dinheiro.

Nessa ocupação inocente os encontrou Maria Nikoláievna ao retornar da visita à condessa Lassúnskaia.

Riu alto assim que entrou no aposento e viu as cartas na mesa de jogo. Sánin pulou do lugar, mas ela exclamou:

– Sente-se, jogue. Vou me trocar e já volto – e desapareceu novamente, farfalhando o vestido e tirando as luvas no caminho.

De fato, voltou logo. Substituíra o vestido elegante por uma blusa larga de seda lilás com mangas abertas e pendentes; um cinto grosso e retorcido cingia-lhe o talhe. Sentou-se perto do marido e depois de esperar que ele se tornasse "burro", lhe disse: "Bem, pãozinho, basta!" (ao ouvir a palavra "pãozinho", Sánin olhou-a estupefato e ela sorriu alegremente, respondendo com um olhar a sua mirada e exibindo todas as covinhas da face). Basta; vejo que queres dormir; beija-me a mão e vai, enquanto eu e o senhor Sánin conversamos.

– Dormir eu não quero – proferiu Pólozov erguendo-se pesadamente da poltrona –; quanto a ir-me, vou-me e beijo-lhe a mão.

Ela estendeu-lhe a palma da mão sem deixar de sorrir e olhar para Sánin.

Pólozov também olhou para ele e retirou-se sem se despedir.

– Bem, fale, diga o que tem a dizer – proferiu Maria Nikoláievna com vivacidade e apoiando ambos os cotovelos nus sobre a mesa e batendo impacientemente as unhas de uma mão contra as da outra. – É verdade que você pretende se casar?

Dizendo essas palavras, Maria Nikoláievna inclinou um pouco a cabeça de lado a fim de melhor perscrutar e penetrar o olhar de Sánin.

XXXV

As maneiras desembaraçadas da senhora Pólozov nesses primeiros momentos certamente teriam causado estranheza a Sánin – embora não fosse novato no convívio social – se nesse mesmo desembaraço e familiaridade ele não visse um bom presságio para sua empresa. "Vamos atender aos caprichos dessa rica fidalga" – decidiu consigo mesmo – e respondeu com a mesma desenvoltura com que ela lhe perguntara:

– Sim, pretendo me casar.
– Com quem? É estrangeira?
– Sim.
– Conheceu-a recentemente? Em Frankfurt?
– Exatamente.
– E quem é ela? Pode-se saber?
– Pois não. É filha de um confeiteiro.

Maria Nikoláievna esbugalhou os olhos e ergueu as sobrancelhas.

– Ora, que encanto! – exclamou lentamente. – Que maravilha! Não pensei que ainda existissem jovens como você no mundo. Filha de um confeiteiro!

– Vejo que isso a surpreende – observou Sánin, não sem dignidade –, mas em primeiro lugar, não tenho esses preconceitos...

– Em primeiro lugar, não me causa espanto algum – atalhou-o Maria Nikoláievna – e também não tenho preconceitos. Eu mesma sou filha de um mujique. E então? O que acha? O que me surpreende e alegra é o fato de uma pessoa não ter medo de amar. Não é verdade que a ama?

– Sim.

– Ela é muito bonita?

Sánin se sentiu ligeiramente ofendido por essa pergunta... Contudo, já não podia recuar.

– Sabe, Maria Nikoláievna – começou ele –, para o homem a fisionomia da mulher amada sempre parece a mais bela de todas; mas a minha noiva é realmente bonita.

– Mesmo? De que tipo? Italiano? Antigo?

– De fato; seus traços são muito harmoniosos.

– Tem um retrato dela?

– Não. (Nessa época ainda não se falava em fotografia e os daguerreótipos apenas começavam a difundir-se).

– Como ela se chama?

– O nome dela é Gemma.

– E o seu, qual é?

– Dmitri.

– E seu patronímico?

– Pávlovitch.

– Sabe de uma coisa? – indagou Maria Nikoláievna sempre com voz lenta. – Gosto de você, Dmitri Pávlovitch. Você deve ser uma boa pessoa. Me dê sua mão. Vamos ser amigos.

A moça apertou-lhe a mão com seus dedos belos, alvos e fortes. A mão dela era um pouco menor que a dele, porém bem mais quente, lisa, macia e vigorosa.

– Sabe o que me veio à cabeça?
– O quê?
– Não se zangará? Não? Você disse que ela é sua noiva. Mas será que... será que isso foi realmente uma necessidade?

Sánin franziu o cenho.

– Não a entendo, Maria Nikoláievna.

A moça riu baixinho sacudindo a cabeça e atirou para trás os cabelos que lhe haviam coberto as faces.

– Decididamente, você é um encanto – disse entre pensativa e despreocupada. – Um cavaleiro andante! Depois disso, vá a gente acreditar naqueles que afirmam não haver mais idealistas!

Maria Nikoláievna falava todo o tempo em um russo maravilhosamente puro, autêntico moscovita – em linguagem popular e não aristocrática.

– Você certamente se educou em casa, em uma família patriarcal temente a Deus, não? – perguntou ela. – De que província você é?

– De Tula.
– Então somos conterrâneos. Meu pai... Sabe quem foi?
– Sim, sei.
– Ele nasceu em Tula... era de lá. Ora, pois bem... (e pronunciou propositalmente esse "pois bem" à maneira dos comerciantes: *poch pem*). Bem, vamos lá, vamos agir.
– Isso é... como assim, vamos agir? O que quer dizer?

Maria Nikoláievna contraiu os olhos.

– Para que você veio até aqui? (Quando apertava os olhos, estes se tornavam carinhosos e um tanto zombeteiros; quando, porém, os esbugalhava, percebia-se em sua claridade um brilho quase frio, algo desagradável... algo ameaçador. Suas sobrancelhas bastas, negras e um tanto arqueadas, atribuíam uma beleza particular aos olhos.) Quer que eu compre sua propriedade? Você precisa de dinheiro para o casamento? É isso?

– Sim, é isso.

– E precisa de muito?

– Em primeiro lugar, ficaria satisfeito com alguns milhares de francos. Seu marido conhece minha propriedade. Você pode pedir a opinião dele... e eu faria um valor mais baixo.

Maria Nikoláievna meneou a cabeça à direita e à esquerda.

– Em primeiro lugar – começou ela pausadamente, batendo as pontas dos dedos na manga do casaco de Sánin –, não tenho o hábito de pedir opinião ao marido, a não ser a respeito de vestuário... nisso, para mim, ele é maravilhoso; em segundo lugar, por que você diz que fará um valor mais baixo? Não quero me aproveitar do fato de estar apaixonado e pronto a qualquer sacrifício... Não aceitarei nenhum sacrifício de sua parte. Como assim? Ao invés de estimular-lhe... como posso dizer... os sentimentos nobres... vou então podá-los? Não é do meu feitio. Quando é necessário, não poupo ninguém, mas não dessa maneira.

Sánin não podia compreender de forma alguma do que se tratava: será que ela caçoava dele, ou falava a sério? E apenas conseguia pensar: "Oh, sim, contigo tenho que ficar em guarda!"

Surgiu um criado com um samovar russo, serviço de chá, cremes, biscoitos etc. sobre uma grande bandeja, colocou toda a guloseima na mesa entre Sánin e a senhora Pólozova – e retirou-se.

Ela lhe serviu uma xícara de chá.

– Não está enfastiado? – perguntou-lhe, pondo tabletes de açúcar em sua xícara com os dedos... embora a pinça estivesse ao lado.

– Ora, por favor!... Servido por mãos tão belas...

Não terminou a frase e quase se engasgou com o chá, enquanto ela não retirava dele os olhos atentos e perspicazes.

– Referi-me a um preço mais baixo para a minha propriedade, porque como você agora se encontra fora do país, não posso crer que tenha em seu poder muito dinheiro disponível e, enfim, eu mesmo sinto que a venda... ou a compra da propriedade em semelhantes circunstâncias não é algo normal, e devo tomar isso em consideração.

Sánin se embaraçava e se confundia, enquanto Maria Nikoláievna calmamente se reclinava no espaldar da poltrona, cruzava os braços e continuava a observá-lo com o mesmo olhar atento e perspicaz. Por fim, o rapaz se calou.

– Fale, continue a falar – proferiu ela, como se pretendesse socorrê-lo –, estou te escutando, gosto de te ouvir; fale.

Sánin começou a descrever sua propriedade, quais suas dimensões, localização, valores econômicos, lucros que se poderiam obter... mencionou mesmo o pitoresco da paisagem; e Maria Nikoláievna mantinha sempre os olhos fixos nele – mais e mais perscrutadores e perspicazes, os lábios movendo-se um pouquinho, sem sorriso: ela os mordia. O jovem se sentiu desconfortável e afinal calou-se pela segunda vez.

– Dmitri Pávlovitch – começou Maria Nikoláievna, e tornou-se pensativa. – Dmitri Pávlovitch – repetiu ela. – Sabe o que mais: estou certa de que a compra de sua propriedade é um negócio muito vantajoso para mim e que chegaremos a um acordo; mas você deve me conceder... dois dias; sim, dois dias de prazo. Pode ficar distante de sua noiva por dois dias? Não vou te segurar mais que isso contra a sua vontade, dou minha palavra de honra. No entanto, se precisa agora de cinco, seis mil francos, terei grande prazer em ceder-lhe como empréstimo e depois acertaremos as contas.

Sánin levantou-se.

– Só me resta agradecer-lhe, Maria Nikoláievna, por sua pronta cordialidade e amabilidade em me atender, a um homem que lhe é quase desconhecido. Contudo, se realmente tanto deseja, de bom grado aguardarei sua decisão a respeito da minha propriedade; ficarei aqui por dois dias.

– Sim; será um grande obséquio, Dmitri Pávlovitch. E lhe custará muito? Muito mesmo? Diga.

– Eu amo minha noiva, Maria Nikoláievna, e não me é fácil estar longe dela.

– Ah, que coração de ouro! – pronunciou Maria Nikoláievna com um suspiro. – Prometo não torturá-lo muito. Já vai?

– Já é tarde – observou Sánin.

– E precisa repousar da viagem... e do jogo de "burro" com meu marido. Diga: é grande amigo de Ippolit Sídoritch, meu marido?

– Fomos educados juntos no mesmo internato.

– E ele já era assim naquela época?

– "Assim" como? – perguntou Sánin.

Maria Nikoláievna súbito caiu na gargalhada, gargalhou até ficar com o rosto vermelho, levou o lenço aos lábios, ergueu-se da poltrona e, cambaleando como se estivesse cansada, aproximou-se de Sánin e estendeu-lhe a mão.

Ele despediu-se e dirigiu-se para a porta.

– Tenha a bondade de vir amanhã um pouco mais cedo... ouviu? – gritou-lhe ela. O rapaz olhou para trás ao sair do aposento e a viu novamente se sentar à poltrona e colocar as mãos atrás da cabeça. As amplas mangas da blusa escorregaram até quase os ombros – e não se poderia negar que a pose e toda a figura eram de uma beleza sedutora.

XXXVI

Bem além da meia-noite, ainda ardia a luz no quarto de Sánin. Sentado à mesa, escrevia para "sua Gemma". Contava tudo a ela; descrevia-lhe os Pólozov, mulher e marido – estendia-se mais, no entanto, a respeito dos seus sentimentos – e terminou garantindo que a encontraria dentro de três dias!!! (assim, com três pontos de exclamação). De manhã cedo levou a carta ao correio e foi passear pelo jardim de Kurhaus, onde já tocavam música. Havia ainda poucas pessoas; deteve-se diante do caramanchão em que se apresentava a orquestra, escutou um popurri de *Roberto, o Diabo* e, após tomar café, dirigiu-se para uma aleia lateral e solitária, sentou-se num banco – e pôs-se a refletir.

O cabo de uma sombrinha bateu-lhe no ombro agilmente e bem forte. Sánin estremeceu... Diante dele, num vestido leve de seda verde-cinza, chapéu branco de tule, luvas suecas, fresca e rosada como a manhã de verão, e ainda com vestígios no olhar e nos gestos de um bem-estar alcançado após o sono tranquilo, estava Maria Nikoláievna.

– Bom dia! – disse ela. – Mandei procurá-lo hoje, mas já havia saído. Acabo de beber meu segundo copo; como sabe, me obrigam aqui a beber água, só Deus sabe para que... já não estou bem de saúde? E ainda devo dar um passeio de uma hora. Quer me acompanhar? Depois tomaremos café.

– Já tomei – pronunciou Sánin levantando-se –, mas tenho muito prazer em passear consigo.

– Então me dê o braço... Não tenha medo: sua noiva não está aqui, não o verá.

Sánin sorriu contrafeito. Experimentava uma sensação desagradável toda vez que Maria Nikoláievna se referia a Gemma. No entanto, inclinou-se apressado e obediente... A mão da moça se introduziu de forma lenta e macia pelo seu braço, deslizou por ele e se aconchegou.

– Vamos... por aqui – disse ela, jogando a sombrinha aberta sobre o ombro. – Nesse parque sinto-me em casa: vou lhe mostrar os lugares mais interessantes. E sabe o que mais (com frequência usava essas palavras): nós não vamos falar agora sobre o nosso negócio; discutiremos sobre isso depois do café; agora deve me contar sobre a sua vida... para que eu saiba com quem negocio. E depois, se você quiser, posso lhe contar sobre a minha. De acordo?

– Mas, Maria Nikoláievna, o que pode haver de interessante para a senhora...

– Basta, basta. Você não me entendeu. Não quero coquetear consigo – a moça deu de ombros (tem a noiva como estátua antiga, lá vou eu querer coquetear com ele?!). – O fato é que você tem uma mercadoria e eu sou a compradora. Quero saber qual espécie de mercadoria você tem. Muito bem, mostre que tal é. Quero saber não apenas sobre o que estou comprando, mas também sobre a pessoa de quem estou comprando. Essa era a regra do meu pai. Bem, pode começar... Não é preciso que seja desde a infância; vejamos: há muito tempo

está fora do país? Onde esteve nesse tempo? Mas ande devagar, não estamos com pressa de ir a lugar nenhum.
— Vim da Itália, onde passei alguns meses.
— Pelo que vejo, tem uma predileção especial por tudo que é italiano... Estranho que não tenha encontrado lá a sua namorada. Gosta de arte? Quadros? Ou prefere a música?
— Eu amo a arte... e tudo que é belo.
— E a música?
— A música também.
— Pois eu não gosto. Agradam-me algumas canções russas, e assim mesmo no campo, na primavera, com danças... as roupas vermelhas, as toucas de ouropel, a relva jovem das pastagens, o aroma da neblina... que maravilha! Mas não se trata de mim. Fale você, conte.

Enquanto andava, Maria Nikoláievna vez por outra olhava para Sánin. Era de estatura elevada, seu rosto quase alcançava a altura do rosto dele.

Sánin pôs-se a narrar, inicialmente sem vontade, desajeitado, mas depois se empolgou e se soltou. A moça ouvia com muita atenção, e ainda por cima parecia tão sincera que involuntariamente acabava provocando a mesma sinceridade nos outros. Possuía o grande dom da familiaridade — *le terrible don de la familiarité* — do qual fala o cardeal Retz[35]. Sánin contou sobre suas viagens, sua vida em Petersburgo, sua juventude... Fosse Maria Nikoláievna uma dama ilustrada, de maneiras refinadas e ele jamais teria se estendido tanto; no entanto, ela mesma se dizia um "bom companheiro", dizia que não suportava quaisquer cerimônias; era dessa forma que se apresentava

---

35 Jean-François Paul (Cardeal de) Retz. França 1613 -1679, famoso por seus aforismos e citações.

a Sánin. E nesse momento, esse "bom companheiro" andava ao lado, a passos de gato, inclinando-se levemente para o rapaz, observando-lhe o rosto; caminhava como uma jovem criatura feminina a irradiar aquela sedução arrebatadora e aflitiva, calma e ardente, capaz de extenuar o nosso irmão – homem fraco e pecador ; tal característica apresenta-se apenas em algumas naturezas femininas eslavas: as que não são não puras, as misturadas.

O passeio de Sánin com Maria Nikoláievna e a conversa entre eles durou uma hora e pouco. E nem uma vez pararam – caminharam e caminharam pelas alamedas sem fim do parque, ora subindo encostas, admirando a paisagem do caminho, ora descendo ao vale, ocultando-se em sua sombra impenetrável, sempre de braços dados. Por vezes Sánin se entristecia: nunca passeara tão longamente com Gemma, com sua querida Gemma... e ali aquela senhora o dominava – e basta!

– Não está cansada? – perguntou mais de uma vez.

– Nunca me canso – respondeu.

Vez por outra encontravam passantes; quase todos a cumprimentavam – alguns respeitosamente, outros até mesmo com servilhismo. A um deles, louro de grande beleza e elegantemente vestido, ela gritou de longe, no melhor sotaque parisiense: *Comte, vous savez, il ne faut pas venir me voir – ni aujourd'hui, ni demain.*[36] O sujeito tirou o chapéu sem dizer nada e fez uma profunda reverência.

– Quem é? – indagou Sánin, pelo mau hábito da "curiosidade" própria a todos os russos.

– Ele? É um francês, há muitos deles aqui. Faz-me a corte... também. Mas é hora de tomar café. Vamos para casa; você

---

36 Conde, sabe, não deve vir me ver nem hoje nem amanhã.

deve estar faminto. Talvez o meu cara-metade já tenha arregalado os olhos.

"Cara-metade! Arregalado os olhos!", repetiu Sánin para si mesmo... "E fala tão bem francês... Mas que excêntrica!"

Maria Nikoláievna não se enganara. Quando voltou ao hotel, em companhia de Sánin, o "cara-metade" ou "pãozinho" já estava sentado com a invariável touca na cabeça diante da mesa posta.

– Já estava cansado de te esperar! – exclamou, fazendo uma careta azeda. – Já ia tomar café sem a tua companhia.

– Não faz mal, não faz mal – replicou a moça alegremente. – Estás zangado? Isso faz bem à tua saúde: senão ficas enregelado. Trouxe uma visita. Chame depressa o criado! Vamos tomar café, café – o melhor café – em xícaras da Saxônia, e numa toalha cor de neve!

Tirou o chapéu e as luvas – e bateu palmas.

Pólozov olhou para ela com ar carrancudo.

– Que te deu hoje para saltitar tanto por aí, Maria Nikoláievna? – inquiriu a meia voz.

– Isso não é da tua conta, Ippolit Sídoritch! Toca a sineta! Dmitri Pávlovitch, sente-se... e tome café pela segunda vez! Ah, como é bom dar ordens! Não há maior prazer no mundo!

– Quando obedecem – resmungou de novo o marido.

– Exatamente, quando obedecem! É por isso que acho tão bom. Sobretudo contigo. Não é verdade, pãozinho? E eis o café.

Sobre a enorme bandeja que o criado trazia, via-se também o programa do teatro. Maria Nikoláievna imediatamente o apanhou.

– Drama! – observou com indignação. – Drama alemão. Não importa: é melhor que comédia alemã. Encomende-me um camarote, ou melhor... o *Fremden-Loge*[37] – dirigiu-se ao criado – Ouça: o *Fremden-Loge*, sem falta!

– Mas, e se o *Fremden-Loge* já estiver com Sua Excelência o Diretor da Cidade (*seine Excellenz der Herr Stadt-Director*)...? – atreveu-se a considerar o criado.

– Dê a Sua Excelência dez táleres e que o camarote me seja reservado! Obedeça!

Submisso e tristonho, o criado inclinou a cabeça.

– Dmitri Pávlovitch, virá comigo ao teatro? Os atores alemães são horríveis, mas você virá... sim? Sim! Como é amável! Pãozinho, e tu não irás?

– Como ordenares – respondeu Pólozov de dentro da xícara que levara à boca.

– Sabe o que mais: fique. Sempre dormes no teatro e entendes mal o alemão. É melhor que faças o seguinte: escreva a resposta ao administrador... lembras?... a respeito do nosso moinho... a respeito da moagem dos camponeses. Diga a ele que eu não quero, não quero e não quero! Bem, assim tens trabalho para toda a noite...

– Pois não – respondeu Pólozov.

– Então está ótimo. És sensato. Agora, senhores, já que falamos do administrador, discutamos o nosso assunto principal. Assim que o criado acabar de tirar a mesa, o senhor, Dmitri Pávlovitch, vai contar-nos tudo a respeito de sua propriedade: ou seja, por que preço a está vendendo, quanto quer como adiantamento – em suma, tudo! ("Finalmente", pensou Sánin, "graças a Deus!"). O senhor já me deu algumas

---

37 Camarote especial, reservado a convidados importantes.

informações, o jardim, lembro que me descreveu muito bem, mas o "pãozinho" não estava presente... É bom que ouça, sempre poderá resmungar algo! Sinto muito prazer em pensar que posso ajudá-lo a se casar... prometi dar-lhe atenção após o café, e eu sempre cumpro as minhas promessas, não é verdade, Ippolit Sídoritch?

Pólozov enxugou o rosto com a palma da mão.

– Verdade seja dita, você nunca engana ninguém.

– Nunca! E nunca enganarei ninguém. Bem, Dmitri Pávlovitch, já pode expor o assunto, como se diz no Senado.

XXXVII

Sánin começou a "expor o assunto", ou seja, novamente, pela segunda vez, pôs-se a descrever a sua propriedade, mas já não abordava as belezas da natureza e, vez por outra, invocava Pólozov para confirmar a exatidão dos "fatos e cifras". Mas este se limitava a balançar a cabeça – aprovava ou desaprovava – nem mesmo o diabo poderia decifrar. Aliás, Maria Nikoláievna não necessitava de sua participação. Revelava tamanho tino comercial e administrativo que causava admiração! Conhecia perfeitamente todos os segredos da economia; fazia perguntas precisas sobre tudo e em tudo palpitava; cada uma das suas palavras atingia o alvo, colocava os pontos nos is. Sánin não esperava tal exame: não se preparara. E esse exame já durava inteiros noventa minutos. O rapaz vivia todas as sensações do acusado, sentado no banco estreito diante de um juiz severo e sagaz. "É um interrogatório!" – balbuciava aflito para si mesmo. Maria Nikoláievna ria-se o tempo todo, como se caçoasse: mas nem por isso Sánin se sentia mais à vontade; e quando, durante o "interrogatório", verificou-se que ele não compreendera muito bem o significado das palavras "repartilha" e "amanho", chegou a ter calafrios...

– Pois bem! – decidiu finalmente Maria Nikoláievna. – Agora conheço sua propriedade... e não menos que você. Quanto você quer por alma? (naquele tempo, como se sabe, o preço da terra era determinado pela quantidade de servos que a propriedade possuía.)

– Sim... suponho que... no mínimo quinhentos rublos – disse o jovem com dificuldade (oh, Pantaleone, Pantaleone, onde está você? Se estivesse aqui teria exclamado: *Barbari!*).

Maria Nikoláievna ergueu os olhos para o céu como se refletisse.

– Quanto? – proferiu afinal. – Parece-me um preço inofensivo. No entanto, pedi-lhe dois dias de prazo e você deve esperar até amanhã. Suponho que chegaremos a um acordo, e então dirá quanto exige de adiantamento. Mas agora, *basta cosi!* – acrescentou ao notar que Sánin pretendia replicar. – Já nos ocupamos bastante com o vil metal... *à demain les affaires!*[38] E sabe o que mais? Agora vou deixá-lo (olhou para o relógio esmaltado, preso à sua cinta)... até às três horas!... vou lhe dar um descanso. Vá jogar na roleta.

– Nunca gostei de jogos de azar – observou Sánin.

– Verdade? Mas você é perfeito! Aliás, eu também não gosto. É estupidez atirar dinheiro fora, evidentemente. Mas vá ao salão de jogos observar as fisionomias. São impagáveis. Há uma velha com barba e bigodes... uma maravilha! Há também um príncipe igualmente divertido. Uma figura majestosa, nariz aquilino, arrisca um táler e persigna-se às escondidas sob o colete. Leia revistas, passeie... em suma, faça o que quiser... Às três horas estarei à sua espera... *de pied ferme.*[39] Teremos de al-

---
38 Para amanhã, os negócios!
39 Sem falta.

moçar mais cedo. O teatro desses ridículos alemães começa às seis e meia – ela estendeu a mão. – *Sans rancune, n'est-ce pas?*[40]

– Por favor, Maria Nikoláievna, por que haveria de estar desgostoso consigo?

– Pelo fato de tê-lo atormentado. Tenha um pouco de paciência e verá – acrescentou, contraiu os olhos e todas as covinhas surgiram-lhe nas faces ruborizadas. – Até logo!

Sánin inclinou-se e saiu. Um riso alegre ressoou atrás dele – e no espelho por que passava naquele instante, refletiu-se a seguinte cena: Maria Nikoláievna cobrira os olhos do marido com a touca e ele se debatia inutilmente com ambos os braços.

---

40 Sem rancor, não é?

XXXVIII

Oh, quão profunda e alegremente suspirou Sánin, tão logo se isolou em seu quarto! De fato, Maria Nikoláievna estava certa, ele deveria descansar, descansar de todos esses novos conhecidos, dos contatos e conversas, de toda essa embriaguez que tomara conta de sua cabeça e de sua alma – dessa aproximação imprevista e inoportuna com uma mulher que lhe era tão estranha! Quando tudo isso vai terminar? E quase no dia seguinte àquele em que soubera que Gemma o amava, em que se tornara noivo! Isso é um sacrilégio! Mil vezes pediu perdão em pensamento à sua pombinha pura e imaculada, embora não pudesse propriamente se culpar de coisa alguma; mil vezes beijou a cruz que ela lhe dera. Não tivesse ele a esperança de terminar de forma breve e feliz o negócio que o trouxera a Wiesbaden e retornaria às pressas à querida Frankfurt, à casa querida e já agora familiar, aos braços da noiva, aos seus pés adorados... Mas tinha de se sujeitar! Era preciso beber da taça até o final, era preciso vestir-se, ir almoçar – e dali ao teatro... Que ao menos no dia seguinte ela o soltasse cedo!

Ainda outra coisa o perturbava e irritava: pensava em Gemma com amor, emoção e alegre gratidão, pensava na vida a dois, na felicidade que o esperava no futuro... mas essa mulher estranha, essa senhora Pólozova surgia-lhe insistentemente... Não! Não surgia, plantava-se... justamente isso! – e era com uma malevolência toda particular que Sánin assim se expressava – plantava-se diante de seus olhos, e ele não podia livrar-se de sua imagem, não podia deixar de ouvir a sua voz, de lembrar as suas palavras, não podia deixar de sentir nem mesmo aquele cheiro peculiar, sutil, fresco e penetrante como aroma de lírios amarelos que se lhe desprendia das roupas. Essa senhora claramente o fazia de tolo: de um jeito ou de outro terminava por envolvê-lo... para quê isso? O que ela quer? Seria um capricho de mulher mimada, rica e talvez imoral? E esse seu marido?! Que criatura é essa? Quais são as suas relações com ela? E por que essas questões importunavam os pensamentos dele, Sánin, que não tem propriamente nada a ver nem com a senhora Pólozova e nem com o marido? Por que não podia expulsar essa imagem impostora, que surgia mesmo nos momentos em que se dirigia com toda a sua alma para a outra, luminosa e clara como o dia de Deus? Como ousavam essas feições se interpor àquelas quase divinas? E não apenas se interpunham como riam com insolência. Esses olhos cinza rapaces, essas covinhas nas faces, essas tranças que serpenteiam – por que tudo isso se colava a ele e ele não tinha forças para sacudir e jogar fora?

Absurdo! Absurdo! Amanhã mesmo tudo isso desaparecerá sem deixar vestígios... mas ela o soltará amanhã?

Sim... Eram as indagações que fazia a si mesmo – e aproximavam-se as três horas – vestiu o fraque preto e, depois de passear um pouco pelo parque, dirigiu-se ao encontro dos Pólozov.

Encontrou na sala de visitas o secretário da Embaixada Alemã, muito alto e louro, com perfil equino e cabelo repartido para trás (ainda novidade na época) e... oh! que prodígio! Ninguém menos que von Dönhof, o mesmo oficial contra quem se batera alguns dias antes! De modo algum esperava encontrá-lo justamente ali! Involuntariamente perturbou-se e, contudo, cumprimentou-o.

– Já se conhecem? – indagou Maria Nikoláievna, de quem não escapara a perturbação de Sánin.

– Sim... já tive a honra – respondeu Dönhof e, inclinando-se ligeiramente para a moça, acrescentou a meia-voz, sorrindo: – Ele mesmo... seu compatriota... russo..."

– Não pode ser! – exclamou ela também a meia-voz, ameaçou-o com o dedo e no mesmo instante começou a se despedir dele e do secretário muito alto, que, ao que tudo indica, estava mortalmente apaixonado pela dama, chegando a abrir a boca cada vez que a olhava. Dönhof logo se afastou com amável resignação, como amigo da casa a quem meia palavra basta para compreender o que dele exigem; o secretário relutou, mas Maria Nikoláievna acompanhou-o à saída sem qualquer cerimônia.

– Vá ver sua soberana – disse-lhe ela (vivia então em Wiesbaden certa princesa de Mônaco com toda aparência de uma reles coquete). – O que vê em uma plebeia como eu?

– Por favor, senhora – afirmou o desditoso secretário –, todas as princesas do mundo...

No entanto, Maria Nikoláievna foi implacável, e o secretário saiu, junto com os seus cabelos repartidos.

Maria Nikoláievna naquele dia havia se enfeitado bastante, fazendo realçar suas "vantagens", segundo a expressão de nossas avós. Usava um vestido de seda rosa com mangas *à la Fontanges* e um grande brilhante em cada orelha. Seus olhos brilhavam não menos do que aquelas pedras: parecia estar em um de seus melhores dias.

Sentou Sánin perto de si e começou a falar-lhe sobre Paris, para onde pretendia ir dentro de poucos dias; sobre como os alemães a aborreciam, como são estúpidos quando pretendem ser sensatos, e inteligentes, quando se fazem de tolos; de súbito, de um golpe, como se diz – *à brule pourpoint*[41] – perguntou-lhe se era verdade que há alguns dias havia se batido em duelo com aquele oficial que ali estava agora mesmo, por causa de uma dama.

– Como soube? – murmurou Sánin, surpreso.

– O mundo está cheio de boatos, Dmitri Pávlovitch; aliás, sei que teve razão, mil vezes teve razão, e conduziu-se como um cavalheiro. Diga: essa dama era a sua noiva?

Sánin franziu levemente o cenho...

– Bem, deixe prá lá – apressou-se em dizer Maria Nikoláievna. – Esse assunto não lhe agrada, desculpe-me, deixe prá lá! Não se zangue! – Pólozov surgiu do cômodo vizinho com uma folha de jornal nas mãos. – Que quer? Já está pronto o almoço?

– O almoço será servido agora mesmo, mas olhe aqui o que diz o *Abelha do norte*... o príncipe Gromobói morreu.

Maria Nikoláievna ergueu a cabeça.

– Ah! Que Deus o tenha! Todos os anos – disse, dirigindo-se a Sánin – em fevereiro, no dia do meu aniversário, mandava encher minha casa com camélias. Mas ainda assim não vale

---

41 À queima-roupa.

a pena passar o inverno em Petersburgo. Ele devia ter, talvez... uns setenta anos?

– Tinha. O jornal descreve os funerais. Toda a corte estava presente. E tem aqui uns versos do príncipe Kovríjkin para essa ocasião.

– Excelente!

– Quer que leia? O príncipe o chama "o marido do conselho".

– Não, não quero. Que marido do conselho, que nada! Ele só foi marido da Tatiana Iúrievna. Vamos almoçar. Rei morto, rei posto. Dmitri Pávlovitch, dê-me o braço.

Como no dia anterior, o almoço estava excelente e decorreu de forma muito animada. Maria Nikoláievna sabia conduzir a conversa... dom raro em mulher, sobretudo russa! Não lhe faltavam expressões, e sobretudo os seus patrícios eram objeto de remoques. Sánin mais de uma vez riu às gargalhadas de certos ditos espirituosos e expressivos. Mais que tudo, Maria Nikoláievna não tinha paciência para hipocrisias, sentenças e mentiras... Encontrava-as em toda parte. Era como se sentisse orgulho e mesmo ostentasse o meio baixo de que viera; contava anedotas bastante estranhas sobre os seus parentes, à época da sua infância; dizia-se uma camponesa tão boa quanto Natália Kirílovna Naríchkinaia. A Sánin tornou-se evidente que tivera muito mais experiências no mundo que a grande maioria das suas coetâneas.

Quanto a Pólozov, comia pensativamente, bebia atentamente e só de vez em quando lançava, ora à mulher, ora a Sánin, seus olhos alvacentos, aparentemente cegos, mas profundamente argutos.

— Que inteligência a tua! – exclamou Maria Nikoláievna, dirigindo-se ao marido. – Como atendeste bem a todas as minhas encomendas em Frankfurt! Eu te beijaria na testa, se não me perseguisses por isso.

— Não vou perseguir – respondeu Pólozov, e cortou o ananás com a faca de prata.

Maria Nikoláievna olhou para ele e bateu os dedos na mesa.

— Como vai a nossa aposta? – indagou ela significativamente.

— Bem.

— Ótimo. Perderás.

Pólozov esticou o queixo para frente.

— Desta vez, por mais esperanças que tenhas, Maria Nikoláievna, acho que és tu que perderás.

— Qual é a aposta? Pode-se saber? – indagou Sánin.

— Não... não agora – respondeu Maria Nikoláievna – e pôs-se a rir.

Bateram sete horas. O criado veio comunicar que a carruagem estava pronta. Pólozov acompanhou a mulher e logo voltou, arrastando-se para a sua poltrona.

— Olha lá! Não esqueça a carta ao administrador – gritou-lhe a esposa do vestíbulo.

— Escreverei, não te preocupes. Sou cuidadoso.

XXXIX

Em 1840 o teatro de Wiesbaden tinha uma fachada deplorável e sua companhia, pela escassez e mediocridade do meio e pela rotina impenitente, não chegava ao nível mínimo do que se pode considerar até hoje como normal a todos os teatros alemães, cuja perfeição, nos últimos tempos, está representada na companhia de Karlsruhe, sob a "célebre" direção do senhor Devrient. Atrás do camarote destinado a "Sua Excelência a Senhora von Pólozov" (só Deus sabe como o criado chegou a consegui-lo, se teve realmente de subornar o diretor da cidade!) – atrás desse camarote havia um pequeno aposento mobiliado com pequenos divãs; antes de entrar ali, Maria Nikoláievna pediu a Sánin que posicionasse o biombo, a fim de encobrir a visão do camarote.

– Não quero que me vejam – disse ela – porque virão logo me importunar.

A moça colocou o rapaz a seu lado, de costas para a plateia, de modo que o camarote parecesse vazio.

A orquestra começou a tocar a abertura de *As bodas de Fígaro*. A cortina ergueu-se e a peça iniciou.

Era uma dessas numerosas encenações grosseiras em que diretores eruditos, mas desprovidos de talento, conduziam com linguagem seleta e sem vivacidade, com dedicação, mas sem desenvoltura, ideias "profundas" ou "palpitantes"; encenações em que o chamado conflito trágico provocava o tédio... asiático, assim como existia a cólera asiática. Maria Nikoláievna ouviu pacientemente a metade do ato, mas quando o amante descobriu a troca da sua amada (vestia uma sobrecasaca marrom bufante com gola plissada, colete listrado com botões de madrepérola, calça verde com cinto de couro envernizado e luvas brancas de camurça), quando esse amante, após apoiar os punhos no peito e projetar os cotovelos para a frente em ângulo agudo, começou a soltar sua voz esganiçada – Maria Nikoláievna não suportou.

– O último ator francês, da última cidadezinha de província consegue ser mais natural e representa melhor que a primeira celebridade alemã! – exclamou com indignação, e se dirigiu ao pequeno aposento de trás. – Venha para cá – disse a Sánin, indicando um lugar ao seu lado no divã. – Vamos conversar.

Sánin obedeceu.

Maria Nikoláieva olhou para ele.

– Pelo que vejo você é bem dócil! Será bem fácil à sua mulher viver consigo. Aquele palhaço – continuou ela, apontando com o leque para o ator que uivava (o ator fazia papel de um professor particular) – me lembra a minha juventude: eu também me apaixonei pelo meu professor. Foi a minha primeira... não, a minha segunda paixão. Da primeira vez me apaixonei por um acólito do monastério do Don. Eu tinha doze anos. Só o via aos domingos. Usava batina de veludo, perfumava-se com água de lavanda, atravessava a multidão com o turíbulo, dizia às damas em francês: *pardon, excusez*, e nunca erguia os olhos, mas que cílios! – Maria Nikoláievna tocou a unha do polegar na metade do dedo mindinho e mostrou a Sánin. – Já o meu professor, chamava-se *monsieur* Gastón! Devo dizer-lhe que tinha uma sabedoria e severidade tremendas, suíço e com o rosto tão enérgico! Usava suíças pretas como breu, tinha o perfil grego e os lábios pareciam feitos de ferro! Eu o temia! Em toda a minha vida foi a única pessoa de quem tive medo. Era preceptor do meu irmão, que depois morreu... afogado. Uma cigana também me prognosticou morte violenta, mas isso é tolice. Não acredito nisso. Já imaginou Ippolit Sídoritch com um punhal?

– Pode-se morrer também sem punhal – observou Sánin.

– Tudo isso é tolice! Você é supersticioso? Eu não sou de jeito nenhum. O que tiver de ser, será, não se pode fugir. *Monsieur* Gastón morava em nossa casa, bem em cima da minha cabeça. Às vezes eu acordava à noite e escutava seus passos... ele se deitava muito tarde... e o meu coração palpitava de veneração... ou de outro sentimento. O meu pai propriamente era quase analfabeto, mas nos deu uma boa educação. Sabe que aprendi latim?

– Você? Latim?

– Sim, eu mesma. *Monsieur* Gaston me ensinou. Li com ele a *Eneida*. Um tanto enfadonha, mas há trechos bons. Lembra quando Dido e Enéas no bosque...

– Sim, sim, lembro – apressou-se a dizer Sánin. Ele mesmo há muito já esquecera seu latim e lembrava pouco da *Eneida*.

Maria Nikoláievna olhou-o da sua forma habitual, um pouco de lado e por baixo das pestanas.

— Mas não pense que eu sou sábia. Ah, Deus meu, não. Não tenho grande sabedoria e nenhum talento. Escrevo pouco... verdade; não consigo ler em voz alta; não toco piano, nem desenho, nem costuro... nada! É assim que eu sou, todinha!

Ela abriu os braços.

— Estou lhe contando tudo isso – continuou – em primeiro lugar para não escutar esses idiotas (apontou para o palco, onde, naquele momento, em vez do ator uivava a atriz, também com os cotovelos projetados para frente), em segundo lugar, porque estou em dívida consigo: ontem você me contou sua vida.

— Respondi às suas perguntas – observou Sánin.

Maria Nikoláievna voltou-se bruscamente para ele.

— E não tem vontade de saber que espécie de mulher eu sou? Aliás, não me admiro – acrescentou, recostando-se às almofadas do divã. – Pretende se casar, e ainda por amor e após um duelo... Como pode pensar em outra coisa?

Maria Nikoláievna ficou pensativa e começou a morder o cabo do leque com seus dentes uniformes, fortes e brancos como leite.

Sánin teve a impressão de novamente subir à sua cabeça aquela embriaguez de que não podia livrar-se já no segundo dia.

A conversa entre ele e Maria Nikoláievna ocorria à meia-voz, quase em cochicho – e isso o irritava e perturbava ainda mais...

Quando tudo isso terminará?

As pessoas fracas nunca põem fim às coisas por si mesmas – sempre esperam que terminem.

No palco alguém espirrava; o espirro foi introduzido pelo autor na sua peça como "momento cômico" ou "elemento"; não houve, é claro, outro elemento cômico e os espectadores se satisfizeram com esse momento e riram.

Esse riso também irritou Sánin.

Havia instantes em que não sabia como proceder: devia ter raiva ou alegrar-se, ficar triste ou eufórico?

Oh, se Gemma o visse!

— De fato, é estranho — começou a falar subitamente Maria Nikoláievna — Uma pessoa nos declara com voz tranquila: "Pretendo me casar"; mas ninguém diz com voz tranquila: "Pretendo me afogar". E, no entanto... qual é a diferença? Estranho, verdade.

A contrariedade se apossou de Sánin.

— A diferença é grande, Maria Nikoláievna! Não faz mal que alguém se jogue na água, se sabe nadar; além disso... no que diz respeito à estranheza dos casamentos... já que estamos abordando o assunto...

Calou-se de repente e mordeu a língua.

Maria Nikoláievna bateu com o leque na palma da mão.

— Termine de falar, Dmitri Pávlovitch, termine de falar; sei o que você queria dizer. "Já que estamos abordando o assunto, minha cara senhora, Maria Nikoláievna Pólozova, mais estranho que o seu casamento é impossível imaginar... pois seu marido eu conheço bem, desde a infância!". É isso que quis dizer, você que sabe nadar!

— Por favor... — começou a dizer Sánin.

— E não é verdade? Não é verdade? — repetiu com insistência Maria Nikoláievna. — Pois bem, olhe para mim e diga que eu não falei a verdade!

Sánin não sabia onde pôr os olhos.

– Bem, com sua licença: é verdade, já que exige que o diga – proferiu afinal.

Maria Nikoláievna sacudiu a cabeça.

– Assim... assim. Bem, e não indagou a si próprio, você, que sabe nadar, qual pode ser o motivo de tal estranho... procedimento por parte de uma mulher que não é pobre... nem estúpida... nem feia? Talvez isso não te interesse; tanto faz. Vou te dizer o motivo, mas não agora, e sim quando o intervalo terminar. Preocupa-me que entre alguém...

Nem bem Maria Nikoláievna terminou de dizer as últimas palavras e a porta externa abriu-se até o meio, metendo-se por ela uma cabeça vermelha, suarenta, ainda jovem, mas já desdentada, cabelos ralos e compridos, nariz caído, orelhas enormes como as de morcego, com óculos de ouro nos olhos curiosos e obtusos e *pince-nez* sobre os óculos. A cabeça investigou e encontrou Maria Nikoláievna, sordidamente arreganhou os dentes e acenou, distendendo o pescoço fibroso em direção a ela...

A dama sacudiu-lhe o lenço.

– Não estou! *Ich bin nicht zu Hause, Herr R...! Ich bin nicht zu hause...*[42] Xô!!! Xô!!!

A cabeça surpreendeu-se, pôs-se a rir constrangida, pronunciou como se soluçasse, à imitação de Lizt (a quem rastejava de admiração): "*Sehr gut! Sehr gut!*"[43] – e desapareceu.

– Quem é o sujeito? – perguntou Sánin.

– Ele? Um crítico de Wiesbaden. "Literato" ou lacaio de aluguel, como queira. Está a soldo dos comerciantes daqui, e

---

42 "Não estou em casa, senhor R... Não estou em casa..."
43 "Pois bem! Pois bem!"

por isso é obrigado a elogiar tudo e a maravilhar-se com tudo, embora ele mesmo guarde um fel abjeto que não ousa expelir. Eu o temo, é um terrível bisbilhoteiro; já vai correndo contar que estou no teatro. Bem, tanto faz.

A orquestra começou a tocar uma valsa, as cortinas subiram novamente... Elevaram-se novamente da cena os choramingos e as afetações.

– Bem – começou Maria Nikoláievna, atirando-se de novo ao divã –, já que está aqui e deve ficar comigo em vez de deleitar-se com a companhia da sua noiva... não revire os olhos e nem se enfureça... eu o compreendo e já prometi que o deixarei inteiramente à vontade, mas agora escute a minha confissão. Quer saber do que mais gosto?

– De liberdade – sugeriu Sánin.

Maria Nikoláievna colocou sua mão sobre a do rapaz.

– Sim, Dmitri Pávlovitch – pronunciou, e sua voz deixou escapar algo particular, uma espécie de indubitável sinceridade e seriedade –, liberdade mais que tudo e antes de tudo. E não pense que me gabo disso, nisso não há nada para se gabar. Apenas é assim, sempre foi e sempre será assim para mim, até a morte. É possível que na infância tenha presenciado muita escravidão e sofrido com ela. E meu mestre, *monsieur* Gaston, abriu meus olhos. Agora talvez você entenda por que me casei com Ippolit Sídoritch; com ele sou livre, completamente livre, como o ar, como o vento... E isso eu já sabia antes do casamento, eu sabia que com ele eu seria livre como um cossaco!

Maria Nikoláievna silenciou – e jogou o leque para o lado.

– Digo-lhe mais: gosto de refletir... me alegra, e é para isso que a inteligência nos foi dada; mas sobre as consequências daquilo que faço, eu nunca reflito; e quando isso acontece, não tenho compaixão de mim mesma, de forma alguma: não vale a pena. Tenho um ditado: *"cela ne tire pas à conséquence"*[44]... não sei como dizê-lo em russo. É exatamente isso: o que *tire à conséquence*? Não me pedirão contas aqui, neste mundo; e lá (apontou o dedo para o alto)... bem, lá... que procedam como quiserem. Quando me julgarem lá, então eu já não serei mais eu! Está me ouvindo? Não está entediado?

Sánin estava recurvado. Ergueu a cabeça.

– Não estou absolutamente entediado, Maria Nikoláievna, ouço-a com curiosidade. Apenas, eu... confesso... me pergunto: por que diz tudo isso a mim?

A moça moveu-se ligeiramente no divã.

– Pergunte a si mesmo... Você é tão ingênuo assim? Ou tão modesto?

Sánin ergueu a cabeça ainda mais.

– Eu lhe digo tudo isso – prosseguiu Maria Nikoláievna em tom calmo, o que não correspondia, porém, à expressão do seu rosto – porque gosto muito de você; sim, não se surpreenda, não estou caçoando; porque após conhecê-lo, não gostaria de pensar que guarda a meu respeito uma lembrança ruim... ou mesmo não ruim, tanto faz, mas falsa. Por isso o atraí para cá e estou consigo a sós, e lhe falo com tanta sinceridade... Sim, sim, com sinceridade. Eu não minto. E note, Dmitri Pávlovitch, sei que está apaixonado por outra, que pretende se casar com ela... Faça jus ao meu desinteresse! Aliás,

---

[44] "Isso é irrelevante."

eis o momento de você dizer da sua parte: *cela ne tire pas à conséquence!*

Pôs-se a rir, mas o riso cessou de repente e ela ficou imóvel, como se suas próprias palavras a tivessem assustado, e em seus olhos, normalmente alegres e ousados, brilhou algo semelhante a timidez, até mesmo semelhante a mágoa.

"Serpente! Ah, ela é uma serpente!", pensava Sánin nesse momento, "mas que bela serpente!"

– Dê-me o lornhão[45] – disse de repente. – Quero observar: será que essa *jeune première*[46] é realmente tão ruim? Verdade, chego a pensar que o governo a escolheu com finalidade moral, para que os jovens não se empolguem demais.

Sánin entregou-lhe as lunetas e, ao recebê-las, ela rapidamente apertou-lhe a mão entre as suas.

– Não fique sério – balbuciou com um sorriso – Sabe o que mais: a mim ninguém acorrenta, e eu tampouco uso correntes para prender quem quer que seja. Amo a liberdade e não admito restrições... e não só para mim. Agora se afaste um pouco e vamos assistir à peça.

Maria Nikoláievna mirou a cena com as lunetas – Sánin também se voltou para o palco. Sentado próximo a ela, na semiescuridão do camarote, aspirava... involuntariamente aspirava o calor e o aroma de seu corpo luxuriante, e da mesma forma involuntária remoía na cabeça tudo o que ela lhe dissera ao longo da noite – sobretudo durante os últimos minutos.

---

45 Par de lunetas com um cabo lateral.
46 Estreia.

XL

A peça ainda se alongou por uma hora e pouco, mas Maria Nikoláievna e Sánin logo deixaram de olhar a cena. Voltaram a conversar, e a conversa retomou o rumo de antes, com a diferença de que dessa vez Sánin ficou menos silencioso. Intimamente estava irritado tanto consigo mesmo, como com Maria Nikoláievna; procurava demonstrar-lhe a falta de fundamentos de sua "teoria", como se ela se entregasse a teorias! Começou a discutir com ela, propiciando-lhe um grande prazer secreto: se discute é porque cede ou cederá. Engoliu a isca, deixou de se esquivar! Ela replicava, ria, concordava, refletia, atacava... e em meio a isso tudo o rosto dela e o rosto dele se aproximavam, os olhos dele já não evitavam os dela... como que vagavam, como que circulavam pela sua fisionomia, e ele sorria para ela em resposta – de forma cortês, mas sorria. A moça contava a seu favor também o fato de que ele se entregava a abstrações, raciocinava sobre a honestidade das relações mútuas, sobre o dever, sobre a santidade do amor e do casamento... Sabe-se que tais abstrações servem muito bem como princípio... como ponto de partida...

As pessoas que conheciam bem Maria Nikoláievna afirmavam que quando, de repente, surgiam em sua pessoa forte e enérgica indícios de ternura ou modéstia, de timidez quase virginal – ainda que não se soubesse de onde tirou aquilo – então... sim, aí é que a coisa ficava perigosa.

Como podemos ver, esse era o aspecto que tomava a relação com Sánin... Ele sentiria desprezo por si mesmo, se pudesse se observar por um instante; mas não atinava nem em se observar, nem em se desprezar.

E ela não perdia tempo. E tudo isso acontecia porque ele era um jovem de bela aparência! Involuntariamente, pode-se perguntar: "Como saber onde te encontras e onde te perdes?"

A peça terminou. Maria Nikoláievna pediu a Sánin que a cobrisse com o xale, e não se moveu enquanto o rapaz envolvia aqueles ombros verdadeiramente majestosos com o tecido macio. Em seguida pegou-o pela mão, saiu ao corredor e... por pouco não deu um grito: bem à porta do camarote, como um fantasma, surgiu Dönhof, e por detrás dele, a figura repelente do crítico de Wiesbaden. O rosto suarento do "literato" brilhava de malícia.

– Deseja, senhora, que eu vá chamar a carruagem? – dirigiu-se a Maria Nikoláievna o jovem oficial com um tremor de cólera mal contida na voz.

– Não, agradeço – respondeu ela – meu lacaio o fará. Fique aí mesmo! – acrescentou em tom imperativo, e retirou-se rapidamente, levando consigo Sánin.

– Vá para o diabo! Por que gruda em mim? – bradou de repente Dönhof para o literato. Tinha que descarregar em alguém a sua raiva.

– *Sehr gut! Sehr gut!*[47] – balbuciou o literato e desapareceu.

O lacaio de Maria Nikoláievna a esperava no vestíbulo e num piscar de olhos trouxe-lhe a carruagem – ela subiu agil-

---

47 Pois bem! Pois bem!

mente e atrás dela saltou Sánin. As portinholas bateram e a moça irrompeu em gargalhadas.

— Por que está rindo? — indagou Sánin com curiosidade.

— Ah, desculpe, por favor... mas me veio à cabeça que Dönhof poderia novamente duelar com você... por mim... Que maravilha, não?

— Vocês são amigos íntimos? — perguntou Sánin.

— Ele? Esse menino? Ele é o meu garoto de recados. Não se preocupe!

— Eu não me preocupo.

Maria Nikoláievna suspirou.

— Ah, sei que não se preocupa. Mas escute, sabe o que mais: você é tão gentil, não deve recusar um último pedido meu. Não se esqueça de que dentro de três dias viajo para Paris e você logo retorna a Frankfurt... Quando nos tornaremos a ver?

— Qual pedido?

— Você sabe andar a cavalo, não?

— Sei.

— Bem, ouça: amanhã cedo vou te levar comigo, vamos juntos para fora da cidade. Teremos excelentes cavalos. Em seguida voltaremos, terminaremos o nosso negócio e... amém. Não fique surpreso, não me diga que é capricho, que sou louca, talvez as duas coisas, diga apenas: concordo!

Maria Nikoláievna voltou o rosto para ele. Estava escuro na carruagem, mas seus olhos brilhavam em meio à escuridão.

— Pois não, concordo. — respondeu Sánin com um suspiro.

— Ah! Você suspirou! — provocou-o Maria Nikoláievna. — Isso significa: uma vez atado ao chicote, não digas que não és forte.[48] Mas não, não... Você é um encanto, é bom, e manterei minha promessa. Aperte a minha mão sem luva, a direita, a dos negócios. Aperte e acredite nesse aperto. Que espécie de mulher eu sou, não sei; mas sou uma pessoa honesta e correta nos meus negócios.

Sánin, não se dando conta do que fazia, levou sua mão aos lábios. Maria Nikoláievna retirou-a suavemente e súbito silenciou, assim se mantendo até que a carruagem parasse.

Começou a descer... Que aconteceu? Foi impressão, ou Sánin realmente sentiu na face um contato rápido e quente?

"Até amanhã!", cochichou-lhe Maria Nikoláievna na escada toda iluminada pelas quatro velas do candelabro que o porteiro de libré dourada empunhava à sua chegada. Ela manteve os olhos baixos. "Até amanhã!"

Chegando ao quarto, Sánin encontrou sobre a mesa uma carta de Gemma. Por um instante... assustou-se – e imediatamente alegrou-se, a fim de rapidamente dissimular a si mesmo o susto. A carta consistia de algumas linhas. Manifestava contentamento pelo bom "início do negócio", aconselhava-o a ter paciência e acrescentava que todos em casa estavam bem e aguardavam seu retorno. Sánin considerou a carta bastante seca – contudo apanhou da pena, do papel... e largou tudo de lado. "Escrever o quê? Amanhã mesmo voltarei... já é tempo, é tempo!"

Deitou-se lentamente na cama e procurou adormecer o mais depressa possível. De pé e animado, começaria a pensar em Gemma – mas sentia, sem saber por que, certa vergonha de pensar nela. A consciência agitava-se nele. Tranquilizou-se

---

48   Corresponde ao provérbio em português: "Quem sai na chuva tem que se molhar."

com o fato de que no dia seguinte tudo estaria terminado para sempre e ele para sempre ficaria livre daquela senhora excêntrica – e esqueceria todo aquele absurdo!...

As pessoas fracas, ao falarem consigo mesmas, empregam à vontade expressões enérgicas.

Et puis... cela ne tire pas à conséquence!

XLI

Era isso o que pensava Sánin ao se deitar; mas o que pensou no dia seguinte, quando Maria Nikoláievna bateu impaciente o cabo coral do chicotinho na sua porta, quando a viu no limiar da porta do seu quarto, tendo à mão a cauda da amazona azul-marinho, com um pequeno chapéu masculino sobre as espessas madeixas aneladas e uma mantilha sobre os ombros, um sorriso provocante nos lábios, nos olhos, em todo o rosto – sobre o que ele pensou nesse momento, a história silencia.

– Então? Está pronto? – ressoou sua voz alegre.

Sánin abotoou a sobrecasaca e em silêncio pegou seu chapéu. Maria Nikoláievna lançou-lhe um olhar brilhante, fez um gesto com a cabeça e desceu correndo a escada. E ele desceu atrás.

Os cavalos já estavam na rua, diante do pórtico. Eram três: uma potranca puro-sangue cor de ouro, focinho magro e saliente, olhos negros, patas de rena, um pouco descarnada, porém bela e fogosa – para Maria Nikoláievna; um cavalo forte, largo, um tanto pesado, acinzentado e sem marca – para Sánin; o terceiro era destinado ao cavalariço. A moça saltou agilmente sobre a potranca... que bateu as patas e pôs-se a girar, estendendo a cauda e arqueando o dorso, mas Maria Nikoláievna (excelente equitadora!) segurou-a no lugar: precisava despedir-se de Pólozov que, em sua invariável touca e roupão desabotoado, surgiu à sacada e de lá agitou um lenço branco, aliás, sem sorrir, e sim com o semblante carregado. Sánin também montou o seu cavalo; a moça saudou o senhor Pólozov com o chicotinho e depois o vibrou ao pescoço curvo e liso do animal, que empinou, deu um salto à frente e pôs-se a marchar a passos curtos e leves estremecendo todos os tendões, mastigando o freio, mordendo o ar e relinchando vez por outra. Sánin seguia atrás, observando a moça: confiante, ágil e elegante, sua estatura delgada e flexível balançava-se, envolvida em um corpete estreito e ousado. Voltou a cabeça e chamou-o com os olhos. Ele emparelhou.

– Então, veja como é bom – disse ela – É nosso último encontro, antes da separação. Você é um encanto, não se arrependerá.

Ao dizer essas últimas palavras, assentiu com a cabeça várias vezes, como se quisesse confirmá-las e ao mesmo tempo fazê-lo sentir seu significado.

Parecia tão feliz, que Sánin admirou-se; seu rosto tinha uma expressão tão serena como só acontece com as crianças quando estão muito... muito satisfeitas.

Foram a passo até a saída da cidade e dali seguiram a trote largo pela estrada. O tempo estava glorioso, verão pleno; o vento vinha-lhes ao encontro e agradavelmente ressoava e assobiava em seus ouvidos. Sentiam-se bem: a consciência da juventude, da vida saudável e do movimento livre e impetuoso para adiante envolvia a ambos; e essa consciência crescia a cada instante.

Maria Nikoláievna reteve seu cavalo e novamente seguiu a passo; Sánin fez o mesmo.

– Veja – começou ela com um suspiro profundo e bem-aventurado – só assim vale a pena viver. Uma vez que se pode fazer o que se quer, o que parece impossível, então, querido, aproveite até o fim! – Levou a mão ao pescoço – E como nos sentimos bons nessas ocasiões! Eu mesma agora... como sou boa! Acho que abraçaria o mundo todo. Isto é, não, não o mundo todo! Este, por exemplo, não abraçaria – indicou com o chicote um velho miseravelmente vestido à beira da estrada – Mas me sinto disposta a alegrá-lo. Eia, tome! – bradou alto em alemão e lançou-lhe aos pés seu porta-moeda. O pesado saquinho caiu na estrada. O passante assustou-se, parou; Maria Nikoláievna gargalhou e fez o cavalo galopar.

– Gosta tanto de galopar? – perguntou Sánin ao alcançá-la.

Maria Nikoláievna mais uma vez afrouxou a rédea do cavalo; de outra forma não retardaria a marcha.

– Só quis evitar os agradecimentos. Se alguém me agradece, desmancha o meu prazer. Eu não fiz isso por ele, mas por mim mesma. E como ele poderia me agradecer? Não ouvi o que você me perguntou.

– Eu perguntei... queria saber por que você hoje está tão alegre...

– Sabe o que mais – pronunciou Maria Nikoláievna: ou novamente não o escutara, ou não julgara necessário responder – aborrece-me terrivelmente esse cavalariço que nos segue o tempo todo e que certamente fica pensando "quando os senhores voltarão para casa?". Como vamos nos livrar dele? – tirou do bolso um caderninho de notas – Mandá-lo à cidade com um bilhete? Não... não serve. Ah! Já sei! O que é aquilo à frente? Não é uma taberna?

Sánin olhou na direção em que ela apontava.

– Sim, parece uma taberna.

– Ótimo. Vou mandá-lo esperar na taberna... e tomar umas cervejas até voltarmos.

– O que ele pensará?

– Que nos importa! Não pensará em nada; tomará cervejas e é só! Então, Sánin (era a primeira vez que o chamava pelo sobrenome)... avante, a galope!

Chegando à taberna, Maria Nikoláievna chamou o cavalariço e lhe deu a ordem. O criado, de origem inglesa e temperamento inglês, em silêncio levou a mão à pala do boné, saltou do cavalo e o conduziu pela rédea.

– Bem, agora estamos livres como pássaros! – exclamou Maria Nikoláievna – Para onde iremos: norte, sul, leste, oeste? Veja, pareço o rei da Hungria na coroação (indicou com o cabo do chicote os quatro pontos cardeais). É tudo nosso! Não, sabe o que mais: está vendo aquelas montanhas magníficas e aquele bosque maravilhoso? Vamos para lá! Às montanhas, às montanhas!

In die Berge, wo die Freiheit thront.[49]

Abandonou a estrada e pôs-se a galopar por um atalho estreito e desigual que realmente parecia levar às montanhas. Sánin a seguiu a galope.

---

49 "Às montanhas, onde reina a liberdade!"

XLII

O atalho logo se estreitou e, por fim, desapareceu por completo, cortado por um canal. Sánin sugeriu que voltassem, mas Maria Nikoláievna disse: "Não! Quero ir até as montanhas! Vamos em linha reta, como os pássaros", e obrigou seu cavalo a pular a vala. Sánin também pulou. Além do canal, começava um prado a princípio seco, logo úmido, depois todo coberto por um pântano: a água filtrava por todos os lados, formava charcos. Maria Nikoláievna tocava o cavalo propositalmente por esses charcos, gargalhava e repetia: "Vamos fazer travessuras!"

– Sabe o que significa: caçar no pântano? – perguntou a Sánin.

– Sei.

– Tive um tio que caçava com cães... – continuou ela – Eu o acompanhava na primavera. Que maravilha! E agora estamos nós aqui... pelo pântano. E você, um russo, quer se casar com uma italiana. Bem, mas isso é problema seu. Que é isso? Outro canal? Upa!

O cavalo pulou, mas o chapéu caiu da cabeça de Maria Nikoláievna e seus cabelos anelados espalharam-se pelos ombros. Sánin quis apear o cavalo e apanhá-lo, mas ela gritou:

"Deixe que eu apanhe", curvou-se na sela, prendeu o cabo do chicote na mantilha, alcançou o chapéu, recolocou-o sobre a cabeça sem ajeitar os cabelos e novamente lançou-se a galope dando gritinhos. Sánin galopava a seu lado, e a seu lado pulava fossos, cercas e regatos, curvava-se e retesava-se ao subir colinas, sempre lhe contemplando o rosto. E que rosto! Todo ele parecia desvelado: olhos bem abertos, ávidos, brilhantes, selvagens; lábios e narinas também abertas pulsavam vorazes; olhando-a bem de frente, tinha a impressão de que tudo o que via – a terra, o céu, o sol e o próprio ar – tudo essa alma parecia querer dominar, lamentando apenas não haver mais desafios, pois a todos venceria! "Sánin – gritou ela – veja, estamos repetindo a *Leonor* de Bürger. Mas você não morreu, ah? Morreu?... Eu estou bem viva!" Emanava uma força audaciosa. Já não era uma amazona a galope, e sim um jovem centauro feminino, semibesta e semideus – a espantar a própria terra, comedida e tranquila, pisoteando-a em sua pândega desenfreada!

Por fim, Maria Nikoláievna deteve sua égua suada e ofegante, que cambaleou, enquanto o vigoroso garanhão de Sánin respirava com dificuldade.

– Então? Está gostando? – perguntou Maria Nikoláievna em um envolvente sussurro.

– Estou! – respondeu Sánin extasiado; o sangue lhe fervia.

– Espere que ainda tem mais! – ela estendeu a mão. A luva estava rasgada – Eu disse que o levaria ao bosque e às montanhas... Ali estão as montanhas! – justamente: a uns duzentos passos, cobertas por um alto bosque, começavam as montanhas para onde deveriam voar os intrépidos cavaleiros – Veja, há um caminho. Vamos avançar por ele. Mas a passo. Os cavalos precisam tomar fôlego.

Avançaram. Com um forte movimento da mão, Maria Nikoláievna jogou os cabelos para trás. Olhou em seguida para suas luvas e as retirou.

– Minhas mãos ficarão cheirando a couro – disse ela – mas você não se incomoda, não é?

Maria Nikoláievna sorriu e Sánin também. Aquela corrida louca terminou por aproximá-los e torná-los amigos.

– Quantos anos você tem? – perguntou ela, de repente.

– Vinte e dois.

– É mesmo? Eu também tenho vinte e dois. Bela idade. Somando as duas, a velhice ainda fica longe. Que calor! Estou muito vermelha?

– Como papoula.

Maria Nikoláievna secou o rosto com o lenço.

– É melhor irmos até o bosque, lá está mais fresco. Que bosque antigo! É como um velho amigo. Você tem amigos?

Sánin pensou um pouco.

– Tenho... mas poucos. Verdadeiros, nenhum.

– Eu tenho amigos verdadeiros, mas não são amigos antigos. Olha um que também é amigo: o cavalo! Com que cuidado o carrega! Ah, sim, aqui é uma maravilha! Será que irei mesmo a Paris depois de amanhã?

– Sim... irá mesmo? – repetiu Sánin.

– E você, irá para Frankfurt?

– Sem dúvida irei para Frankfurt.

– Então... vá com Deus! Em compensação o dia de hoje é nosso... nosso... nosso!

Os cavalos alcançaram a orla do bosque e o penetraram. Uma sombra larga e suave os recobriu por inteiro.

– Ah! Isso aqui é o paraíso! – exclamou a moça – Adiante, Sánin, vamos mais fundo nessa escuridão.

Os cavalos iam lentamente penetrando "mais fundo", balançando-se ligeiramente e bufando. A vereda em que se introduziram súbito dava uma volta e ia terminar em uma garganta bastante estreita. O aroma de betoeiros, samambaias, resina de pinheiros e de folhagem úmida exalava abundante e denso. Das fendas de imensas pedras pardas vinha um intenso frescor. De ambos os lados do caminho elevavam-se montículos cobertos por musgo verde.

– Pare! – exclamou Maria Nikoláievna – Quero me sentar e descansar nesse veludo. Ajude-me a descer.

Sánin saltou do cavalo e rapidamente aproximou-se dela. A moça apoiou-se em seus ombros, num instante pulou para a terra e sentou-se em um dos montes com musgo. Ele postou-se diante dela, segurando as rédeas de ambas as cavalgaduras.

Ela ergueu os olhos para ele...

– Sánin, você sabe esquecer?

O rapaz lembrou-se do que acontecera no dia anterior... na carruagem:

– É uma pergunta... ou censura?

– Desde que nasci nunca censurei ninguém por nada. Acredita em mandingas?

– Como assim?

– Em mandingas... sabe, aquilo de que falam as nossas canções, as canções populares russas...?

– Ah! Já sei o que quer dizer... – falou Sánin lentamente.

– Sim, isso mesmo. Eu acredito... e você acreditará.

— Mandinga... bruxaria... – repetiu Sánin – no mundo tudo é possível. Antes eu não acreditava, mas agora acredito. Já nem me reconheço.

Maria Nikoláievna ficou um momento pensativa e olhou ao redor:

— Tenho a impressão de que já conheço esse lugar. Olhe ali, Sánin, além daquele carvalho largo... é uma cruz vermelha de madeira, ou não?

— É, sim.

Maria Nikoláievna deu um risinho.

— Ah, bem! Sei onde estamos. Ainda não estamos perdidos. Que ruído é esse? Algum lenhador?

Sánin olhou para o matagal.

— Sim... há um homem ali cortando galhos secos.

— Preciso arrumar os cabelos – observou Maria Nikoláievna – Se nos virem assim farão mau juízo.

A moça tirou o chapéu e começou a tecer longas tranças – silenciosa e séria. Sánin estava em pé diante dela... Seus membros esbeltos desenhavam-se claramente sob as pregas escuras da roupa, em que se viam algumas fibras de musgo.

Súbito, um dos cavalos sacudiu-se atrás de Sánin; este, involuntariamente estremeceu dos pés à cabeça. Tudo nele estava confuso – os nervos tensos como cordas de violino. Não por acaso afirmara desconhecer a si mesmo. Estava realmente enfeitiçado. Todo ele estava tomado por um só pensamento, um só desejo. Maria Nikoláievna lançou-lhe um olhar penetrante.

— Bem, agora está tudo em ordem – disse, pondo o chapéu – Não quer sentar-se? Aqui! Não, espere... não se sente! O que é isso?

Um abalo surdo percorreu as copas das árvores e o ar.
– É um trovão?
– Parece... é, sim, um trovão – respondeu Sánin.
– Ah, é uma festa! É mesmo uma festa! Não falta mais nada! – um estrondo abafado ressoou pela segunda vez, subiu e caiu, ribombando. – Bravo! Bis! Lembra que ontem eu falei sobre a *Eneida*? Também foram surpreendidos no bosque pela tempestade. Mas devemos ir embora – rapidamente se pôs de pé – Traga o meu cavalo... Ajude-me a subir. Assim. Não sou pesada.

Subiu à sela como um pássaro. Sánin também montou.
– Vai para casa? – perguntou em tom inseguro.
– Para casa? – respondeu ela pausadamente, e pegou a rédea – Venha atrás de mim – ordenou quase rudemente.

Pegou o caminho e, passando a cruz vermelha, desceu uma depressão, chegou a uma encruzilhada, virou à direita, tomou novamente o rumo das montanhas... Sabia, é claro, para onde levava o caminho – e esse caminho penetrava sempre mais e mais fundo no bosque. Ela nada dizia, nem olhava; avançava imperativamente – e ele a seguia obediente e humilde, sem a menor centelha de resistência no coração desfalecido. Uma chuvinha miúda começou a cair. Ela apressou a marcha do seu cavalo – e ele a acompanhou. Por fim, através do verde escuro de uma moita de abetos, sob o resguardo de um rochedo cinzento, surgiu uma cabana pobre, de porta baixa e paredes de cipó entrelaçado... Maria Nikoláievna obrigou seu cavalo a abrir caminho entre os arbustos, saltou – e, parando subitamente à entrada da cabana, voltou-se para Sánin e murmurou: "Enéas!"

Quatro horas mais tarde, Maria Nikoláievna e Sánin, acompanhados pelo cavalariço, que cochilava na sela, retornavam ao hotel em Wiesbaden. O senhor Pólozov recebeu sua esposa, tendo nas mãos a carta ao administrador. Observando-a mais atentamente do que de hábito, expressou certo descontentamento no rosto e chegou a balbuciar:

– Terei perdido a aposta?

Maria Nikoláievna limitou-se a dar de ombros.

No mesmo dia, duas horas depois, Sánin, em seu quarto, diante dela, parecia perdido e arruinado...

– Então, para onde irás? – perguntou-lhe a moça – a Paris ou a Frankfurt?

– Irei para onde fores, e estarei contigo até que me expulses – respondeu com desespero e caiu nos braços de sua soberana. Ela se soltou, colocou as mãos sobre a sua cabeça, e com os dez dedos agarrou-lhe os cabelos. Vagarosamente separava e retorcia aqueles cabelos submissos; endireitou-se, nos lábios serpenteava-lhe o triunfo – e seus olhos, bem abertos e iluminados à alvura, expressavam a implacável estupidez e saciedade da vitória. Lembravam o olhar do gavião, quando tem em suas garras a presa inerme.

XLIII

Eram essas as lembranças que vinham à mente de Dmitri Sánin quando, no silêncio do gabinete, ao rasgar seus papéis velhos, encontrou entre eles a cruz de granada. Os acontecimentos que acabamos de narrar surgiam com clareza e sequência em sua memória... No entanto, ao lembrar-se do instante em que dirigira súplica tão humilhante à senhora Pólozova, em que caíra a seus pés, em que iniciara sua escravidão – repeliu as imagens que invocara, não quis mais lembrar nada. Não que a memória o houvesse traído – oh, não! Ele sabia, sabia perfeitamente o que se seguira àquele minuto, mas a vergonha o sufocou – mesmo agora, passados tantos anos. Horrorizava-lhe o sentimento insuperável de desprezo por si mesmo que sem dúvida o invadiria, afogando, como uma onda, todos os demais sentimentos, caso não impusesse à memória o silêncio. Contudo, por mais que repelisse as lembranças que o assaltavam, não podia dominá-las de todo. Lembrou-se da lamentável carta, ruim, chorosa e mentirosa, que enviara a Gemma – carta que ficara sem resposta... Aparecer diante dela, voltar para ela depois de tal traição, de tal embuste – Não! Não! Impediu-no de fazê-lo o que ainda restara de consciência e honestidade. Além disso, perdera toda confiança em si mesmo, todo respeito: já não ousava garantir coisa alguma. Sánin lembrou-se de como – oh, vergonha! – enviara o lacaio dos Pólozov a Frankfurt para buscar as suas coisas, de como se acovardou, de como só pensava em ir embora o mais depressa possível para Paris, para Paris; de como, por ordens de Maria Nikoláievna, tivera de se adaptar no sentido de comprazer Ippolít Sídoritch e de ser amável com Dönhof, em cujo dedo vira o mesmo anel de ferro que ela lhe dera!!! Em seguida, vieram-lhe lembranças ainda piores e mais vergonhosas... O criado entregou-lhe um cartão de visita – e nele estava o nome de Pantaleone Tchippatóla, cantor palaciano de sua alteza o duque de Módena! Escondeu-se do ancião, mas não pôde evitar encontrá-lo no corredor: diante de si estava uma figura encolerizada sob o encrespado topete grisalho; queimavam como brasa os olhos do ancião – e ouviu dele as tonitruantes exclamações e maldições: *Maledizione!* – ressoavam palavras terríveis: *Codardo! Infame traditore!*[50] Sánin contraiu os olhos, sacodiu a cabeça, procurava escapar – e apesar de tudo, viu-se já sentado na estreita parte dianteira de uma *dormeuse*... enquanto que nos assentos traseiros, confortáveis e tranquilos, estavam Maria Nikoláievna e Ippolít Sídoritch – quatro cavalos marchavam a trote largo pela estrada de Wiesbaden a Paris, a Paris! Ippolit Sídoritch deliciava-se com uma pera que ele, Sánin, lhe lavara, enquanto Maria Nikoláievna o observava com aquele sorriso zombeteiro que ele, escravo, já conhecia – sorriso de proprietária, de dominadora...

Mas, Deus meu! Que vejo ao fim da rua? Não será Pantaleone de novo? E quem está com ele? Talvez Emilio? Sim,

---

50 "Covarde! Infame traidor!"

é ele, o menino entusiasta e dedicado! Antes o coração jovem extasiava-se diante de seu herói e ideal, mas agora seu belo e pálido rosto – tão belo que Maria Nikoláievna o notou e até mesmo pôs a cabeça para fora da janelinha do coche – esse nobre rosto ardia de ódio e desprezo; os olhos – tão parecidos com aqueles olhos! – cravaram-se em Sánin, os lábios comprimiram-se... e abriram-se de súbito em palavras ofensivas...

Pantaleone estendeu o braço e apontou Sánin – para quem? – para Tartaglia, do seu lado; o cão latiu para o rapaz – e o próprio latido do honesto animal soou como uma insuportável afronta... Repugnante!

Quanto à permanência em Paris, reduziu-se a humilhações constantes, sempre os mesmos tormentos sórdidos do escravo ao qual não se permite o ciúme nem a queixa e que, por fim, deitam fora como roupa usada...

Depois, o retorno à pátria, a vida vazia, envenenada, os pequenos interesses, as pequenas preocupações, o arrependimento amargo e infrutífero, assim como amargo e infrutífero é o esquecimento – castigo incerto, mas constante e permanente como uma doença desconhecida e incurável, pagamento em centavos de uma dívida incalculável...

O cálice transborda – já chega!

De que forma conservara-se a cruz dada a Sánin por Gemma, por que não a restituíra... como se explica que até aquele dia nenhuma vez se deparara com ela? Pensou durante muito, muito tempo – e já calejado pela experiência, depois de tantos anos ainda não compreendia como pudera abandonar Gemma, que o amara com tanta ternura e paixão, por uma mulher a quem absolutamente não amara... No dia seguinte, encontrou seus amigos e conhecidos e avisou-os de que iria viajar ao estrangeiro.

A perplexidade tomou conta de todo o seu círculo social. Sánin deixou Petersburgo em pleno inverno, após haver alugado e mobiliado um excelente apartamento e ter comprado uma assinatura para a temporada de ópera italiana, da qual participaria a própria senhora Patti – a própria, a própria, a própria senhora Patti! Os amigos e conhecidos ficaram atônitos; no entanto, não é comum que as pessoas se ocupem por muito tempo com as questões alheias e, quando Sánin partiu ao estrangeiro, acompanhou-o à estação da estrada de ferro apenas um alfaiate francês, e mesmo assim com o propósito de receber uma conta – *pour un saute-en-barque em velours noir, tout à fait chic.*[51]

---

51 "Por uma jaqueta de viagem de veludo preto, muito chique."

XLIV

Sánin dissera aos seus amigos que viajaria ao estrangeiro, mas não dissera para onde exatamente: os leitores poderão facilmente imaginar que partia direto a Frankfurt. Graças à estrada de ferro, que já se estendia por toda parte, chegou àquela cidade no quarto dia após sair de Petersburgo. Não mais a visitara desde aquele ano de 1840. O Hotel Cisne Branco estava no mesmo lugar e progredia, embora já não fosse considerado de primeira classe. A rua Ziel, a principal, pouco mudara, mas da casa da senhora Roselli – e da sua confeitaria – não restava vestígio. Sánin vagou como louco por aqueles lugares antes tão conhecidos e nada reconheceu: as antigas construções haviam desaparecido; foram substituídas por novas ruas, ladeadas por enormes edifícios compactos e vilas elegantes; até mesmo o jardim público, onde acontecera seu último encontro com Gemma, crescera e se modificara tanto, que Sánin se perguntava se seria o mesmo jardim... O que deveria fazer? Como e onde conseguir informações? Havia se passado trinta anos desde então... não seria fácil! As pessoas a quem se dirigia nem mesmo tinham ouvido falar no nome Roselli; o proprietário do hotel aconselhou-o a procurar a biblioteca pública: ali certamente encontraria todos os jornais antigos, mas como extrair essa informação, o próprio proprietário não podia explicar. Sánin, em desespero, mencionou o senhor Klüber. Esse nome era bem conhecido do seu interlocutor – mas, aqui, ocorrera uma desgraça. O elegante caixeiro havia progredido, tornara-se um capitalista, especulara alto e se arruinara, morrendo na prisão... Essa notícia, aliás, não causou a Sánin a menor comoção. Começou a achar sua viagem um tanto insensata, quando... ao manusear o catálogo de endereços de Frankfurt, deu com o nome von Dönhof, major aposentado (Major V. D.). Imediatamente tomou um coche e foi até ele – apesar de não saber por que motivo este von Dönhof deveria ser necessariamente aquele Dönhof, e por que motivo mesmo aquele Dönhof poderia lhe dar qualquer informação sobre a família Roselli... Não importa: o náufrago agarra-se ao primeiro objeto que encontra.

Sánin encontrou o major aposentado von Dönhof em casa – e no cidadão grisalho que o recebeu, reconheceu imediatamente seu antigo adversário. Este também o reconheceu e até mesmo alegrou-se com a sua visita: lembrava-lhe a juventude e as travessuras da mocidade. Sánin ouviu dele que a família Roselli há muito tempo se mudara para a América, para Nova Iorque; que Gemma se casara com um negociante e que, aliás, ele, Dönhof, tinha um amigo também negociante que certamente sabia o endereço do marido dela, pois tinha muitos negócios na América. Sánin pediu que o levasse até esse amigo, e... que alegria! Dönhof trouxe-lhe o endereço do marido de Gemma, senhor Jeremias Slocum – Mr J. Slocum, New York, Broadway, n. 501 – no entanto, esse endereço era de 1863.

– Vamos esperar – exclamou Dönhof – que a nossa antiga beldade de Frankfurt ainda esteja viva e não tenha deixado Nova Iorque! A propósito – acrescentou, baixando o tom da voz – o que aconteceu com aquela dama russa, lembra... que se hospedava então em Wiesbaden... a senhora von Bo...von Bozolóf[52]... ainda está viva?

– Não – respondeu Sánin – morreu há muito tempo.

Dönhof ergueu os olhos, mas ao notar que Sánin se voltara e carregara o semblante, não acrescentou mais nada e se afastou.

Naquele mesmo dia Sánin enviou uma carta à senhora Gemma Slocum em Nova Iorque. Dizia-lhe na carta que escrevia de Frankfurt, para onde viera unicamente com o fito de descobrir-lhe os vestígios; que sabia muito bem até que ponto não lhe assistia o menor direito de esperar por uma resposta sua; que de forma alguma merecia seu perdão – e apenas esperava que, no ambiente feliz em que se encontrava, já houvesse há muito esquecido sua existência. Acrescentou que decidira resgatá-la dentro de si em consequência de uma circunstância casual que lhe despertara vivamente as lembranças do passado; contou a ela sobre a sua vida solitária, sem família nem alegrias; exortava-a a compreender os motivos que o levavam a se dirigir a ela, que não permitisse que ele levasse para a sepultura a consciência amarga da sua culpa – já expiada, mas não perdoada – e que o alegrasse com alguma notícia, por pequena que fosse, de sua vida nesse novo mundo para onde partira. "Escrevendo-me uma palavra que seja," – assim terminava a carta – "estará praticando uma boa ação, digna de

---

52   Refere-se a Maria Nikoláievna Pólozov

sua bela alma, e lhe serei grato até o meu último suspiro. Ficarei aqui no Hotel Cisne Branco", sublinhou essas palavras, "e esperarei a sua resposta até a primavera."

Enviou a carta e pôs-se a esperar. Passou seis semanas inteiras no hotel, quase sem sair do quarto – decididamente sem ver ninguém. Ninguém podia escrever-lhe nem da Rússia, nem de parte alguma; isso lhe convinha; se chegasse alguma carta em seu nome, saberia ser aquela que esperava. Lia do amanhecer à noite – não revistas, mas livros sérios, obras históricas. Essas leituras prolongadas, esse silêncio, esse encasulamento, essa vida reservada – tudo isso se concatenava com o seu estado de espírito: só isso já valia um agradecimento a Gemma! Ainda estaria viva? Responderia?

Por fim chegou uma carta em seu nome, com selo americano e de Nova Iorque. A escrita do endereço sobre o envelope estava em inglês... Não reconheceu a caligrafia e sentiu uma pontada no coração. Levou alguns instantes para se decidir a rasgar o sobrescrito. Olhou para a assinatura: Gemma! Lágrimas brotaram-lhe nos olhos: apenas o fato de ter assinado seu nome sem o sobrenome era garantia de reconciliação e perdão! Desdobrou a delicada folha de papel azul – e uma fotografia caiu dali. Apanhou-a rapidamente e ficou aturdido: Gemma, a mesma Gemma, jovem como a conhecera há trinta anos! Os mesmos olhos, os mesmos lábios, a mesma configuração de todo o rosto. No verso estava escrito: "Minha filha, Mariana". Toda a carta era muito amável e simples. Gemma agradecia a Sánin por não ter duvidado em se dirigir a ela e por lhe depositar confiança; também não ocultava dele que vivera momentos difíceis após a sua fuga, mas aqui acrescentava que, apesar de tudo, considera – e sempre considerou –

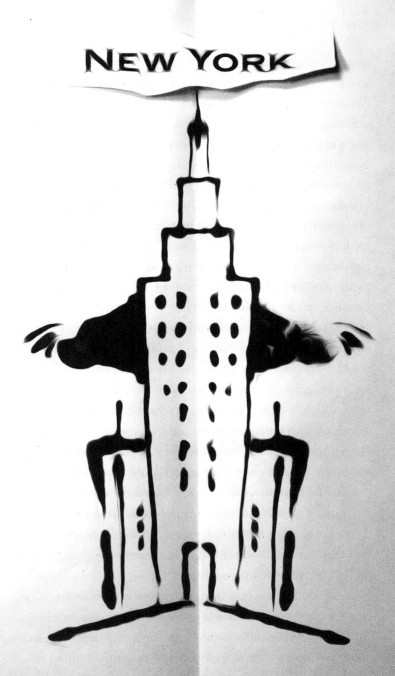

seu encontro com ele uma felicidade, uma vez que esse encontro impedira que se tornasse mulher do senhor Klüber – e dessa forma, embora indiretamente, ele fora o motivo de seu casamento com o atual marido, com quem vive já há vinte e oito anos perfeitamente feliz, na paz e na abundância: toda Nova Iorque frequentava sua casa. Gemma informava a Sánin que tinha cinco filhos – quatro homens e uma moça de dezoito anos, noiva, cuja fotografia lhe enviava, pois, segundo opinião geral, parecia muito com a mãe. As notícias tristes Gemma deixara para o final. *Frau* Lenore falecera em Nova Iorque, para onde seguira após a filha e o genro – mas ainda tivera tempo de compartilhar da felicidade dos filhos e ninar os netos; Pantaleone também pretendera ir à América, mas falecera às vésperas de sua partida de Frankfurt. "Quanto a Emilio, nosso amado e incomparável Emilio – teve uma morte gloriosa pela liberdade da Pátria, na Sicília, para onde fôra entre os "Milhares", chefiado pelo grande Garibaldi; todos nós sofremos profundamente a morte do nosso inestimável irmão, mas, ainda que derramando lágrimas, sentíamos imenso orgulho dele e eternamente nos orgulharemos, abençoada seja a sua memória! Sua alma grande e desinteressada era digna da coroa de mártir!" Em seguida, Gemma lamentava que a vida de Sánin, segundo ele contava, houvesse tomado um rumo tão ruim, desejava-lhe antes de tudo tranquilidade e paz de espírito, e afirmava que ficaria contente em vê-lo – embora reconhecesse a pouca probabilidade de tal encontro...

    Não vamos descrever os sentimentos experimentados por Sánin ao ler essa carta. Para tais sentimentos não há expressões suficientes: são bem mais profundos, fortes e indefinidos do que qualquer palavra! Apenas a música poderia traduzi-los.

Sánin respondeu imediatamente – e, como presente à noiva, enviou "À Mariana Slocum, de um amigo desconhecido", a cruz de granada, presa a um magnífico colar de pérolas. Este presente, apesar de seu alto valor, não o arruinou: ao longo dos trinta anos que se seguiram à sua primeira estada em Frankfurt, conseguira acumular razoável fortuna. Nos primeiros dias de maio retornou a Petersburgo, mas parece que por pouco tempo. Consta que pôs à venda todas as suas propriedades e pretende partir para a América.

Baden-Baden/1872

FIM

Este livro foi composto em
Electra LH no corpo 11/16
e impresso em papel Pólen soft 80g/m²
pela RR Donnelley.